U0625067

历史的复活术 一

祝勇创作谈

祝勇 著 一

祝勇著述集 2

辽海出版社

图书在版编目（CIP）数据

历史的复活术：祝勇创作谈/祝勇著. —沈阳：
辽海出版社，2024.1

ISBN 978-7-5451-6506-7

Ⅰ.①历… Ⅱ.①祝… Ⅲ.①散文集-中国-当代
Ⅳ.①I267

中国国家版本馆CIP数据核字（2023）第027664号

出 品 人：柳青松

出 版 者：北方联合出版传媒（集团）股份有限公司
　　　　　辽 海 出 版 社
　　　　　（地址：沈阳市和平区十一纬路25号 邮编：110003）
印 刷 者：辽宁一诺广告印务有限公司
发 行 者：北方联合出版传媒（集团）股份有限公司
　　　　　辽 海 出 版 社
幅面尺寸：140mm×210mm
印　　张：11.75
字　　数：230千字
出版时间：2024年1月第1版
印刷时间：2024年1月第1次印刷
责任编辑：甄　贞　李　霄
装帧设计：杜　江
印制统筹：曾金凤
责任校对：李子夏

书　　号：ISBN 978-7-5451-6506-7
定　　价：88.00元

购书电话：024-23285299
网　　址：http://www.lhph.com.cn
版权所有，翻印必究
法律顾问：辽宁普凯律师事务所　王　伟
如有质量问题，请与印刷厂联系调换
印刷厂电话：024-24859415
盗版举报电话：024-23284481
盗版举报信箱：liaohaichubanshe@163.com

总 序

　　我很早就对汉字表现出由衷的迷恋。我相信汉字是古代中国人最伟大的创造，对中华文明有奠定之功。我们不能简单地把汉字当作一种语言交流工具，任何一种文字都可以是语言交流工具，但汉字不同，它决定了中国人的审美方式和思维方式，甚至决定了我们文明的走向。假如没有汉字，还有王羲之、颜真卿吗？假如没有汉字，还有李白、杜甫吗？试想，如果王羲之、颜真卿用英语写书法，李白、杜甫用拉丁文写诗，会是一个什么样的结局？月落乌啼、江枫渔火，每一个汉字，都是一个浓缩的世界，有立体的层次，有无穷的魅力。是汉字，唤起了中国人在文化上的

在人民文学出版社，2018 年

创造性，让华夏文明获得了源源不断的动力。我从小喜欢读书，是因为那些书是用汉字印刷的，哪怕是外国文学，也是翻译成汉字的。所以我是从汉字笔画转折里去了解世界，去体味人生的。假若没有了汉字，我们的生命可能都无所依托。假若我们的祖先发明的是另一种文字，汉碑晋书、唐诗宋词就都不存在了，我们的文明史都要重写。汉字是长在我们身体里的文字，是我们生命中的文字。假若我们的文字不是汉字，我简直不能肯定我是否还会热爱文学。

我不知从什么时候开始沉醉在汉字的世界里，至少在读中学时，就开始在自习时读托尔斯泰、雨果、茨威格，把物理、化学这些教科书衬在外面作挡箭牌。到北京上大学，正逢 20 世纪 80 年代，莫言、余华、马原、王安忆方兴未艾，我更为他们的文字所吸引。我读莫言《红高粱》，读余华《一九八六年》，读王安忆《小鲍庄》，读张承志《黑骏马》，读乔良《灵旗》，读马原《虚构》，读洪峰《瀚海》，他们的文字给我带来的冲击力，至今记忆犹新。我崇拜写作者，惊奇于他们能够在方寸之间创造一个浩瀚无穷的世界，他们是真正的魔法师。我从不崇拜所谓的明星，在我心里，唯有伟大的作家和诗人才配得上"明星"这两个字，就像李白，因母亲在生他时梦见太白星（长庚星）才有了"太白"这个字（李白，字太白），这才是货真价实的"明星"。那些靠流量吃饭、胸无点墨的表演者怎么能称"明星"？榜样的力量是无穷的，我一心想成为他们那样的作家，哪怕成为他们的十分之一也好。我从那时就开始写作，当然还不能叫写作，最多只能叫写，从不自量力的年轻时代，一直写到今天。

自1993年出版第一本习作，转眼30多年过去，我拉拉杂杂写下几十本书，有小说，有散文，有非虚构，也有学术理论文章，已不下数百万字。2013年，东方出版社出版了"祝勇作品系列"，收选了我此前出版的12种单行本。2023年，人民文学出版社出版的"祝勇故宫系列"也刚好出版了12卷，其中有"艺术史三部曲"（《故宫的古物之美》《故宫的古画之美》《故宫的书法风流》），也有"非虚构三部曲"（《故宫六百年》《最后的皇朝》《故宫文物南迁》），虽然还没有收入我的第三个"三部曲"，即长篇小说《国宝》三部曲，也不包括我正在写作的多卷本《故宫艺术史》，但依旧有人说，我写得太多了。不知从何时起，我几乎没有一天不在写作。在我看来，没有量，哪来的质呢？一个人吃七张饼，吃到第七张饱了，难道要他直接吃第七张吗？其实我写得不能算多，只是因为每日坚持，从不放弃，集腋成裘，慢慢就显出了规模。写作不是一时的选择，而是一生的事业。俄罗斯出版《托尔斯泰全集》多达90卷，这是一个终生写作者必然累积的成果。我不敢与托尔斯泰攀比，但我知道写作有赖于日复一日的努力，偷不得懒。有人认为我写得多，还有一个原因，就是许多比我更有才华的人中途转行，很少有人能在写作的世界里从一而终。聪明人都放弃了写作，纷纷投向回报率更高的事业，写作这片疆域，就留给了像我这样的愚人，怀揣写作梦想，始终执迷不悟。创作是一条艰苦的路，需要上下求索，许多人等不得，他们要马上可以看见的功和利。但写作这件事，恰恰与急功近利没有关系，不仅"急"不得，也没有什么"功"和"利"。因此商品大潮一起，80年代的文学热潮就不见了，当初的写作者作鸟兽散，队伍于是越打越少，轰轰烈烈的创作队伍，变成了寥寥落落的三五个人、七八条枪。

当代文学史上我最敬佩的作家是柳青先生，他当年为写《创业史》而自降级别，放弃了当年在北京的优越生活，到陕西省长安县挂职副书记，其实是在皇甫村扎根，脱掉了四个兜的干部服，换上农民穿的对襟袄，把自己变成农民的一员。他的《创业史》，自 1952 年动笔，直到 1978 年他去世仍未写完，真正成了一场文学马拉松。正是这种在今天看来具有某种自我牺牲精神的写作，才使得已经完成的两部《创业史》（原计划写四部）成为当代文学的经典。在红尘世界里，柳青先生可能被看成一个十足的大傻瓜；但在文学的视野下，假如以权和利来衡量柳青的价值，那简直就是天大的笑话。

在这个世界里，孤傲的李白、潦倒的杜甫、郁郁不得志的苏东坡才是真正的王。我喜欢刘刚、李冬君在《文化的江山》一书的序言中所说的，"试问有唐一代，有多少帝王？翻一下二十五史里的《唐书》就知道了。他们从字里行间列队而出，向我们走来，除了李世民、武则天，我们还认识谁？还有一位李隆基。对不起，我们知道他是因为杨贵妃，一首《长恨歌》便盖过了他的本纪。他是王朝的太阳，光芒万丈，可在《长恨歌》里，美是太阳，集中在杨贵妃身上，留一点落日余晖，让他来分享。还有滕王阁的滕王，谁知道他的名字？而一篇《滕王阁序》，都知道是王勃作的，久而久之，滕王消失了，一提起滕王阁，人们就说王勃"。这是因为在世俗的、权力的世界之外还有一个世界，一个更广大、更深远、更永恒的世界，那就是文学的世界、美的世界。我不敢望这些大师之项背，也从来没有野心去成为他们，但我可以从他们的文字生涯中汲取信心和力量。在这个以金钱来衡量成败的年代里，文学需要一点儿牺牲精神，需要心无旁骛，需要呕心沥血，需要数十年如一日坚持不懈的努力与付出。

择一事，终一生，这在今天成为一句流行语，但说起来简单，真正做到，又是何其艰难！我之所以一路写下来，心无旁骛，不能只用"坚持"二字概括，归根结底，还是热爱，就是我前面所说的，对汉字所缔造的那个博大、深厚、瑰丽的世界充满迷恋。写作不是苦刑，而是一种精神享受，乐中有苦、苦中有乐，让人心甘情愿地为之付出。我无法摆脱它，更不愿摆脱它。在文字的世界里，我充分感受到了自己的富足，什么样的现实利益，都无法取代文字世界里的自我实现感。好的文字，可以让人获得力量。更重要的是，写作赋予我们独立的人格，不依靠奴颜媚骨，不需要摧眉折腰。一个优秀的作家，就是一个在文字世界里纵横捭阖的王。尽管世俗世界有它的运行法则，连文坛也是一个坛，也有挥之不去的关系网、利益链，但真正的写作者，只能依附于文学本身。

倏忽间，人生已过大半，当年那个意气风发的少年，已然是"尘满面，鬓如霜"了。我没写下什么了不起的作品，只是把自己的生命都奉献给了写作。蓦然回首，我不知道算是成功还是失败。或许人生根本就没有什么成功与失败，只有选择的不同而已。人的一生不可能面面俱到，一种成功可能就意味着另一种失败，反过来，一种失败也暗藏着另一种成功。我选择了在写作中度过此生，无论是成功还是失败，我都无怨无悔。

《祝勇著述集》的出版动议来自我的好友、辽海出版社社长柳青松先生，这套著述集涵盖的范围比"祝勇故宫系列"更加广泛，因为我的笔下不只有故宫，还试图容纳一个更加深远广袤的世界，不只有天下运势、王朝兴废这些宏大主题，更涵纳了小桥流水、紫陌红尘里的日常生活，以及蕴含在日常生活中的文化乡愁。因此这套书中有记录我多年行止、领略山河、感悟人间的散文（《月枕山河》），有我向前辈大家访谈求教的对话（《大家的大家》），有我关于写作的粗浅感言（《历史的复活术》），有我回答媒体采访一抒胸臆的表白（《文学的故宫》《洞见故宫之美》），甚至有我与名家师友的通信精选（《恰如灯下故人》），还有一些著述正在整理中，不日也将收入这套著述集中。总而言之，这是一套跨文体的著述集，有著，有述，还有一些体现我创作历程的原始资料，生动地还原了我在文字的世界里寻寻觅觅、上下求索、一路走来的艰辛，也透露出"暮从碧山下，山月随人归。却顾所来径，苍苍横翠微"的快意与自足。

最后我要感谢文化部原副部长兼故宫博物院原院长郑欣淼先生为我这些不值一提的小书提供摄影作品，感谢辽宁出版集团董事长张东平先生给予的莫大支持，感谢柳青松先生对出版流程的垂注与把控，感谢责任编辑甄贞女士、设计师杜江先生等的细致工作，感谢所有为我的写作事业默默付出的师长、朋友和亲人们。

2021 年 11 月 25 日写于北京

2023 年 10 月 10 日改于北京

目录

第三编　依附于文学 235

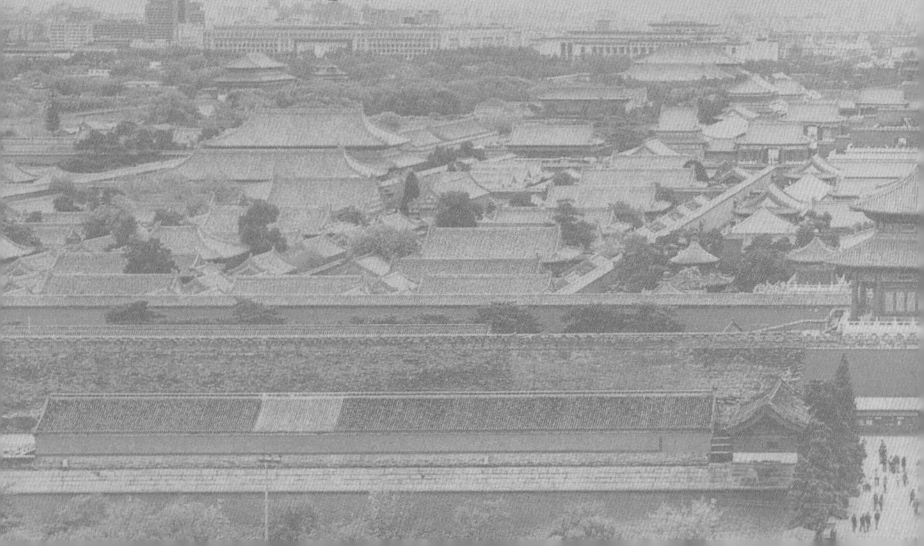

公众史学是站在读者、大众的立场上去思考和探究历史。立足大众的公众史学，使历史不再是"他们的历史"，而是成为"我们的历史"。

第一编

我们的历史

Our History

历史的复活术

第一编
我们的历史

故宫太和殿，王珊摄

　　影像作为一种历史记录的方式，近年来越来越受到重视，有关影像史学的讨论在学术界逐渐增多。《中国公共史学集刊》连续两期推出了"影像史学"的专号，较为集中地讨论了影像史学的相关问题。作为一位长期收集、运用影像资料的实践者，笔者认为影像在记录历史、再现历史方面的价值，还有进一步讨论的必要。本文以故宫研究等相关实践为基础，对影像的价值、影像的运用等问题进行进一步的讨论，以求教于方家。

一　原始影像的力量

　　学者们对历史进行研究时，对影像资料的兴趣远远没有对文字资料那么高。学者们研究故宫（紫禁城）时，更多地把目光投向历史档案、实录等文字材料，如宫中档、内府档、军机档、清史馆档、实录、圣训、起居注等，而忽视影像的文献价值。这种情况不只出现在国内学界，国外的许多学者亦有同感。历史学家马克·费罗说："20 世纪 80 年代初，谁要是对电影感兴趣，就会遭到同行半是打趣半是怜悯的关心。我在法国国家科学研究中心（CNRS）的研究团队一直没有扩大，究其原因，正是因为电影一直以来被蔑视。"[①]

而实际上，影像资料对历史的表达更加直观。历史影像，是在历史中所拍的影像，它（至少在一定程度上）代表着记录者对历史的目击。《纪录影像与历史再现——史态纪录片研究》一书指出，对于历史叙述来说，最大的遗憾就是不在场，因而要通过各种后来追述的文献资料去获取、去查证、去推测过去发生的事情。但是，"影像却能从某种程度弥补这种缺憾"，"影像能够提供阻遏住时间脚步的原始物理空间，它以机械性技术的力量来得到实物的印记，弥补了文字的缺憾"，"并不像在博物馆或纪

---

①［法］克里斯蒂昂·德拉热、樊尚·吉格诺：《历史学家与电影》，北京：北京大学出版社，2008 年版。

念馆中看到的实物的感觉，因为它们脱离了真实的生活情境"①。著名电影理论家巴赞说："摄影与绘画不同，它的独特性在于其本质上的客观性。"②一些重要的影像，如南京大屠杀中的影像资料，也因此可以作为物证出现在法庭上。《纪录影像与历史再现——史态纪录片研究》进而说："所有的图像都可以用作历史证据，彰显出它们的文献价值，从而丰富历史的研究。"③

历史影像虽然不能完全等同于历史的真实（比如不排除摆拍、干预拍摄的可能性），但它的内部所携带的历史讯息（比如服饰、神态、环境等）却是真实的，一如古代绘画作品，即便是摹本，亦有其研究价值一样。影像资料无疑为历史研究提供了重要的物证，如英国著名学者彼得·伯克在《图像证史》一书中所说，如果没有相应的图像证词，物质文化史几乎无从研究，而心态

① 孙莉：《纪录影像与历史再现——史态纪录片研究》，第 29 页，西安：陕西师范大学出版社，2014 年版。
② [法]安德烈·巴赞：《电影是什么》，第 9 页，北京：文化艺术出版社，2008 年版。
③ 孙莉：《纪录影像与历史再现——史态纪录片研究》，第 12 页，西安：陕西师范大学出版社，2014 年版。

史研究中它也同样具有不可替代的作用①。也正因如此，郑欣淼先生在对两岸故宫文物进行通览综述时，将清宫照片归入"文献档案"一类②。

原始影像是"历史的复活术"，其中所携带的历史信息，包括建筑、街景、装饰、风俗乃至人物的样貌、状态等，都具有无与伦比的真实感，尤其在间隔漫长的岁月之后，镜头里的真实，让我们深入到历史的肌理中，感受历史的细节，让我们的视觉与心灵受到强烈的震撼。

其实，在纪录片诞生不久，导演们就意识到影像资料的巨大价值。从第二次世界大战期间，美国好莱坞导演弗兰克·卡普拉拍摄的 7 集纪录片《我们为何而战》，到日本 NHK 的纪录片《东京——不死鸟都市的百年春秋》，都是建立在原始影像资料基础上的历史表达。当年"目击"的画面，成为将今人的目光引向历史场景的"望远镜"。

---

① 孙莉：《纪录影像与历史再现——史态纪录片研究》，第 14 页，西安：陕西师范大学出版社，2014 年版。
② 郑欣淼：《天府永藏 —— 两岸故宫博物院文物藏品概述》，第 280～281 页，北京：紫禁城出版社，2008 年版。

2008 年至 2009 年，笔者与北京市委宣传部、北京电视台曾有很好的合作。那是为纪念新中国成立 60 周年而拍摄《我爱你，中国》，笔者担任总撰稿。在这部 16 集大型纪录片中，笔者把很多功夫下在历史影像的收集上。比如尼克松访华，下飞机时远远地向周恩来伸出手的影像，成为两个大国跨过太平洋握手的经典图景。但我们惯常看到的，仅仅是中国摄影师拍摄的角度。我从画面上看到，现场云集着各国摄影师，一定还有更多的角度，于是从各国档案馆、电视机构寻找到许多影像资料，把它们组接在一起，从多个不同的角度再现、延长那一经典时刻，让一个重要的历史细节得以放大。有意思的是，还找到了叶剑英陪同尼克松参观故宫活动的珍贵影像。

《我爱你，中国》刷新了重大历史题材的表现方式，在北京电视台播出后，创极高收视率。《光明日报》称《我爱你，中国》"开创了一种全新的叙述范式"，《新周刊》称其为"中国主旋律纪录片制作的新高度"，《新周刊》"2009中国电视榜"授其"最佳视效开拓奖"，这部片子后来获得了政府最高奖——中国电视星光奖、大众电视金鹰奖、

2009 年中国十佳纪录片奖等很多奖项。

2010 年至 2011 年，北京市委宣传部、北京电视台拍摄 10 集纪录片《辛亥》，笔者依旧做总撰稿。2011 年是辛亥革命 100 周年，多家电视台都将在这个历史节点上推出大型纪录片，其中有中央电视台的《辛亥革命》、香港凤凰卫视的《首义——辛亥百年》等，还有张黎导演的大银幕电影《辛亥革命》。

因此，这注定是一次艰难的创作，面对浩繁的、零散的历史资料，面对各种"同题创作"的"围追堵截"，我为拍摄提供的一个整体思路是：把这部片子做成一部没有解说词的纪录片，以避免传统纪录片那种喋喋不休的灌输式讲述，甚至没有采取一个全知视角，而是采用了"限制性视角"，由一些历史当事人口述串联起来（他们并非重要历史人物，而只是见证者甚至旁观者，由北京人艺演员扮演），以他们的回忆录、日记、书信、电报等历史资料为依据，因而是真实的，并无杜撰。这些来路不同的回忆，犹如零星的碎片，拼贴成一幅完整的历史拼图，与制作极为精良的历史再现部分相参照，构建了一种历史的"真实氛围”。

但更重要的是，除了上述文字资料（通过演员表演来实现），最具有历史“还原”力量的，还是原始影像本身的力量，因为它们不是时过境迁之后“追”回来的记忆，而是当时的记录。

从《辛亥》投入创作的那一天起，剧组成员（包括总导演、分集导演、助理导演和总撰稿）就开始在全世界的图书馆、博物馆、档案馆收集清末民初的影像资料，尤其是活动影像资料。比如在美国国会图书馆，我们居然找到了国民总统黎元洪阅兵的活动影像（当时的新闻纪录片）。一部短短的、只有几十秒的活动影像，让那个已经沉没在历史中的时刻骤然复活。相信没有一部关于辛亥革命的纪录片比我们这部片子收集到更多的影像资料。当这些画面出现，我们会感到震惊，甚至被它们感动。因为镜头里的一切，都不是表演，而是真切地发生过。那些进入了镜头的场景，无论是重大事件还是日常生活，都是唯一的、转瞬即逝的、不可复制的（不可以像拍摄电影、电视剧那样拍摄多条、择优录取），镜头里每个人物的现场反应，都是最直接、最本能、最能体现他的内心处境的，纪录片因此才有了一种直通人心的力量。

该片获第二十六届大众电视金鹰奖优秀纪录片奖、第十八届中国纪录片年度特别作品奖（与《舌尖上的中国》并列）、中国纪录片学院奖最佳创意奖等多种奖项。

其中，中国纪录片年度特别作品奖在颁奖词中肯定了我们的做法："如何展现一段复杂历史？纪录片《辛亥》提供了一个令人耳目一新的样板。作品准确把握了历史与文学的平衡点，以文学家的眼光看历史，以历史家的视角去讲故事，大胆采用人物扮演的方式，为纪录片创新提供了有益的尝试。"

中国纪录片学院奖在授予《辛亥》最佳创意奖的颁奖词中说道："该作品充分尊重历史事实，审慎地进行人物选择，利用人物口述来重新构建场景，形成了历史叙述的开放性。在该作品中，电影语言的使用，并没有妨碍其真实性的表达。语态的丰富，对历史类题材纪录片的发展起到了积极的开拓性作用。"

2020 年，我投入纪录片《故宫文物南迁》的拍摄工作。故宫文物南迁，本身就留下海量的历史照片，但它们多是零散的、非系统性的。至于活动影像资料，目前情况不明，但存在着查访和搜集的空间，比如民国著名摄影师孙明经，拍摄了大量记录当时社会状况的纪录片，与故宫文物南迁相关的，有《首都风景》《上海》《防空》等，尤其在故宫文物存放四川期间，拍摄了纪录片《自贡井盐》，虽然未曾发现孙明经直接拍摄故宫文物南迁的纪录片，但上述纪录片无疑会为我们的历史表述提供原始的现场空间和相对真实的语境。

第三批古物南迁午门前木箱装车情况，
1933 年 3 月

对故宫文物南迁影像资料的收集、保护，是保护南迁史迹的一个部分，在影像与文字、文献与史迹之间形成互动，从而对已然逝去的历史进行修复乃至再现。

二　故宫的影像史

很少有人注意到，在故宫博物院内，收藏着一种特别的藏品——清末以来各种基质的照片近 4 万张（件），大部分从未公开。它们不仅有着极高的文献价值，属于郑欣淼先生所说的"文献档案"，而且比文字档案更加直观、形象、逼真地叙述着历史的景况。当我们以纪录片的形式构筑故宫的"历史大厦"，这些老照片无疑是最重要的"建筑材料"。

由于故宫本身拥有着丰富的影像文献，使故宫完全有可能构建起自身的"影像史"。故宫的"影像史"，与中国近代化进程相切合，亦与西方世界"东方主义"的进程呼应。在中国出现得最早的摄影作品，是 1844 年法国海关总检察长于勒·埃及尔为耆英拍摄的照片，此时距法国人尼普埃斯拍出人类第一张照片只过去了 22 年，此后西方来华外交官、探险家、传教士、记者等为中国留下大量照片资料。比如随同八国联军入紫禁城的日本记者小林真一就曾拍摄大量故宫照片；在民国初年《泰晤士报》首席驻华记者莫理循收藏的照片中，有一幅可能拍摄于 1901 年的北京 180 度全景照片，故宫全部中轴线清晰可见。

由于慈禧、溥仪等对摄影的喜好，紫禁城的摄影，自然是"得风气之先"。在权力的庇护下，宫廷成为摄影最活跃的实践场所。近代宫廷史，于是有了影像相伴随。中国也从此进入了由底片和相纸留存影像的时代。

如单霁翔先生在《故宫藏影》大型画册的序言中所说："（它们的）拍摄时间最早可以上溯至 19 世纪 60 年代，所摄内容以清末民国人物、宫廷建筑、文物藏品为主。在为数众多的影像收藏中，众所周知的拍摄于 1903 年的慈禧太后系列照片，总量在 700 张以上；包括紫禁城、西苑三海、西郊园林在内的大量宫殿园林照片，在很大程度上指导着今日对现存古建筑的保护与利用；19世纪八九十年代，清宫曾拍摄过一批中央部院大臣及京外官吏的组照，众多影响中国近代史的人物影像得以保存；反映溥仪退位后'小朝廷'生活的历史照片及其日后寓居天津的生活掠影；还有民国时期在政治、文化、实业、教育、军事、外交等方面的知名人士等，这些均是故宫博物院在影像收藏方面的特色种类。"①

随着摄像术的发明与传播，故宫同样成为摄像器材追逐记录的热点区域。关于故宫的最早的活动影像，目前尚无查考。但民国年间，就曾对故宫进行过航拍。1937年7月7日发生卢沟桥事变（亦称"七七事变"），日本悍然发动全面侵华战争。8月21日，"满洲映画协会"（简称"满映"）正式成立。"满映"成立后，拍摄了一批歌颂

①单霁翔主编：《故宫藏影——西洋镜里的皇家建筑》，第7页，北京：故宫出版社，2014年版。

天安门与华表，清末

"王道乐土""大东亚共荣"的纪录片，以对占领区进行"宣传战"，可作为"满映""国策电影"的典型注脚。仅 1937 年拍摄的，就有《光辉的乐土》《黎明的华北》《华北战捷大会》等。其中，《黎明的华北》（藤卷良二编导、摄影）为无声汉字字幕纪录片，由"满洲帝国协和会"提供，"满洲映画协会"制作，时长 28 分 22 秒，303 个镜头，记录了七七事变的战事进程，留下了关于日军占领北平城后，城市尤其关于故宫的大量镜头。

除"满映"外，日本不同的摄制机构还渗透到华北，拍摄一大批所谓的纪录片。其中有：《运命之北京城》（东亚公司摄制）；《乐土华北》（伊藤重视指挥、荒木庆彦摄影，爱国映画社摄制）；《曦光》（田中喜次导演，上田勇大、小岛嘉一摄影，同盟映画部摄制）；《北京》（多胡隆制作，川口政一摄影，龟井文夫编辑，藤井胜一录音，东宝映画摄制）。

上述影片都有日本军方和情报部门的背景，如《乐土华北》为华北派遣军寺内部队报道部指导，《曦光》为日本内阁情报部指导，《北京》为华北军特殊部指导等，但这些影片没有直接介入战争报道，而是深入到华北地区尤其是文化古都北京的历史文化中，除了为日本军方提供文化情报，也意在彰显日本帝国主义"大陆"幻象和拓地心态。在这些影片中，皆有故宫影像出现，为历史留下一种别样的"证言"，也为"战时故宫"留下了珍贵的历史影像。

耐人寻味的是，上述影片虽然无法掩饰入侵者的骄傲感与优越感，镜头中流露着所谓"胜者"的目光，但面对包括故宫在内的北平文化名胜，依然不能不流露出憧憬的心态，这恰恰从反面证明了中华文明的魅力、不屈的意志以及生生不息的生命力。1945 年 8 月 15 日，日本天皇宣布投降诏书，日本正式投降，中国人民抗日战争取得伟大胜利。蒋介石于战后前往故宫视察，由中央电影摄影场（后改名中央电影企业股份有限公司）摄制了纪录片。10 月 10 日，华北日军投降仪式在故宫太和殿前举行，中央电影摄影场同样摄制了纪录片，记录了这具有历史意义的一幕。

中华人民共和国成立后，故宫作为中华历史文明最重要的载体，多次在纪录片中出现。尤其尼克松访华，在叶剑英陪同下参观故宫的新闻纪录片，在世界上影响极大。

此后，故宫益发成为中国大国外交的重要舞台，出现在新闻纪录片中，一直延续到今天。

1998 年，日本 NHK 拍摄 26 集大型纪录片《故宫的至宝》，将镜头对准两岸故宫博物院所藏文物，是两岸故宫博物院藏宝的视频画卷集。2005 年，中央电视台拍摄 12 集纪录片《故宫》，以及此后拍摄的《故宫 100》《我在故宫修文物》等，都产生极大的社会反响。

除了故宫文物南迁的影像资料，还有许多有关故宫的影像资料散落在世界各地的档案馆、博物馆，为我们所不知。但无论怎样，所有与故宫相关的影像资料，都是故宫历史遗迹，是构成院史的重要文献，完全可以编织出一部丰富的"故宫影像史"。"故宫影像史"是故宫博物院院史的一部分，也是故宫学的一部分。

《我在故宫修文物》（2016 年）这样记录当代故宫的纪录片，也终将成为具有历史价值的"文献档案"。其实，随着故宫博物院文保科技部的工作地点发生变迁，《我在故宫修文物》里拍摄的场面已经成为"历史"，不仅故宫博物院文保科技部搬进了全新的工作场所——一座现代化的故宫文物医院，而且，如今的文物修复方式也与片中表现的有很大不同——故宫的文物修复，已经进入高科技时代（当然，历史的传承不会中断，许多文物修复技术已列入国家"非遗"项目）。

仅仅五年，就让《我在故宫修文物》所"记录"的内容，转化为历史影像，从而默认了所谓的"当代"，其实也在历史的范畴之内——从无限远的过去，到一秒钟以前，都是历史。

中央电视台纪录频道曾经拍摄了一部纪录片，叫《在影像里相遇》（2019 年），就是说 20 世纪五六十年代纪录片所记录的事件与人物，如今都已经成了"历史"。《在影像里相遇》通过寻找昔日纪录片里的人物，在历史的"记录"和当下的"记录"之间，在黑白影像与彩色影像的交会中，形成了跨时空的对话，也凸显了影像"记录"的价值——随着时间的流逝，所有的当下"记录"，都会转化成历史文献档案。这正是现实题材纪录片永恒的价值所在。

三　从"记录"到"纪录"

当然，老照片所记录的历史，固然直观、真切，但它们是碎片式的，杂乱无章的，难以构成对历史的整体叙述，需要从中发现内在的联系，从而在这些零散的镜头之间，建立起历史的逻辑性与连续性。对这类影像文献的研究，就像对文字文献的研究一样，需要一个长期的、逐步深化的过程。

同样，对原始影像文献（当时的新闻纪录片）的使用，也不能是简单的罗列，而是要寻找符合时代精神的话语方式，体现主创者的价值观，在全新的视野下，对它们进行重新利用和整合，是文献的"引用"，而不是机械地照搬。

例如，日本"满映"拍摄的所谓纪录片，它的主旨是宣扬"大东亚共荣圈"，美化侵略，当这些影像文献出现在我们的历史纪录片里，主创者的立场自然与当年的拍摄不同。其实这样的影片，在纪录片史上层出不穷。比如法国著名导演、新浪潮代表人物之一的阿伦·雷乃，他拍摄的电影《去年在马里昂巴德》《广岛之恋》等，都是世界电影史上的经典；他的影片《夜与雾》，是一部关于奥斯威辛集中营的纪录片，他在影片中所使用的影像资料，很多都来自对立方，阿伦·雷乃对它们进行了创造性的利用，引入了现代的视角，使这部影片没有沦为简单层面上的控诉，而是渗透着对人类命运的沉思。日本 NHK 拍摄的大型纪录片《故宫的至宝》，则把故宫博物院放置在历史框架内，是一部历史文化纪录片，而非新闻纪录片，从而让故宫回归它原本的文化意义上，故宫也第一次成为"主角"，而不仅仅作为新闻事件的发生地出现。音乐团体"神思者"为本片所作的音乐，至今仍是对故宫主题最完美的音乐表达之一。

纪录片的价值，一方面要取决于制作水准的与时俱进（比如现在可以融入三维特效手段，给原始的黑白影像着色、分层等），但最重要的，却是主创者的价值取向与思想力度。"纪录片"不是"记录片"，"记"只是它的一部分功能，而"纪"（纪念）才是它的根本属性。既然是纪念，就有"纪念"的主体（纪念者）存在，对曾经发生的"真实"进行重新追溯、认定、评判，尽管这个主体在纪录片里可能只是一个隐性的存在。

比如每年 8 月 15 日，中国人民要纪念抗日战争胜利，日本人则要纪念"终战"——在他们眼里，战争只是停止了，对战争本身的性质，则没有任何评判。纪念者不同，价值观亦不同。

假如说"记"是强调纪录片的客观性，"纪"则在要求纪录片的主观性。1926 年，格里尔逊在评论"纪录电影之父"罗伯特·弗拉哈迪拍摄的影片《北方的纳努克》时，第一次使用了"纪录片"(documentary)这个词。"documentary"一词的原意是"文献性的，文件式的"，但后来格里尔逊又把它修正为"the creative treatment of actuality"，大意为"对现实的创造性处理"。因此历史纪录片绝非对新闻纪录片的被动使用，从"记录"到"纪录"是一个质变的过程，体现出表达者对历史认知的深化乃至重塑。

四　影像创造的历史

假如说"记录"是为了"还原"历史的"真实"，那么"纪录"则代表着建立在"真实"之上的"真知"，它是一种立场、一种价值，甚至一个宣言。曾任 2008 年北京奥运官方纪录片《永恒之火》创作总监的先生用"再现"和"表现"这两个词来阐释"记录"与"纪录"的区别。假如我没有曲解他的意思，那么"记录"是"再现"历史的"真实"，而"纪录"是"表现"历史的意义。"表现"源于"再现"而高于"再现"，犹如"纪录"源于"记录"却高于"记录"。他说："如果用"表现"和"再现"两个概念来说明，即从传播力量的途径上来讲，纪录片的表现的力量是大于再现的。"①

①：《纪录片创作六讲》（修订版），第 85 页，北京：北京联合出版公司，2016 年版。

　　纪录片不仅"记录"历史，纪录片也能够改变、创造历史，因为与传统史学相比，它的受众更加广泛。纪录片艺术，实际上就是一种与大众谈话的艺术。正面和反面的例子都不胜枚举。纪录片史上，有一部非常有名的作品，叫《意志的胜利》，是德国女导演莱妮·里芬斯塔尔的著名作品。在她32岁的时候，也就是1934年，拍摄了这部作品。这是一部歌颂德国纳粹的纪录片，影片中帅气的德国士兵、雄壮的纳粹歌曲、宏观的纳粹集会，都产生极大的煽动力量，为纳粹掌握德国的权力，尤其是掌握德国的人心铺平了道路，以至于里芬斯塔尔在战后被当作战犯来审判。

　　几年后，美国官方找到电影导演弗兰克·卡普拉，请他拍摄一部关于第二次世界大战的纪录片。弗兰克·卡普拉开始不愿意拍，一方面是因为当时美国人觉得战争与自己没有关系，不愿意参战；另外还有一个原因是弗兰克·卡普拉是好莱坞最成功的电影导演，未必瞧得起纪录片。后来，美国军方把一部纪录片拿给弗兰克·卡普拉看，就是《意志的胜利》。

　　弗兰克·卡普拉在回忆观看后的感受时用了一个词"毛

骨悚然"，他意识到德国纳粹的可怕力量，立刻决定为美国，当然也为战争中的亚洲和欧洲拍一部纪录片，这就是世界纪录片史上的名作《我们为何而战》。正是这部作品，起到了美国加入世界反法西斯战争行列战争动员的效果。

类似的例子在当代也不难找到。2012 年拍摄的纪录片《科尼 2012》是一部由美国非政府组织"被遗忘的儿童"（Invisible Children Inc.）摄制的纪录片，讲述的是乌干达反政府武装（LRA）首领约瑟夫·科尼犯下的残忍罪行。片中所展示的各种暴行令人毛骨悚然：武装分子强迫被绑架的孩子们杀害自己的父母，残忍地割掉他们的嘴唇和四肢；绑架来的女孩子被当作性奴隶……据美国一家在线视频追踪分析公司的数据显示，《科尼 2012》是现今传播最快的社会媒体视频，其点击量在 5 天内就达到 7000 万。一名乌干达军事发言人说："这个报道晚了 15 年，如果 15 年前人们关注了此事，就不会有上万人惨死，就不会有数以万计的孩子被绑架，而是可以生活在温暖的家中。"

关于纪录片非同寻常的传播和动员力量，苏联著名哲学家和电影理论家叶夫根尼·米哈依洛维奇·魏茨曼在《电影哲学概说》一书中说："电影不仅仅是艺术，而银幕形象也不仅仅是艺术的。电影还是信息手段和大众传播手段，是社会生活的最重要的因素。"①英国电影理论家约翰·格里尔逊也说："纪录片不是一个镜头而是一个榔头，它能够敲击人的内心，能够影响并改变人。"②

故宫博物院与中央电视台联合摄制的大型纪录片《故宫》2005 年在中央电视台播出，对于唤起国人，尤其是年轻人对传统文化，尤其是对故宫的热情，起到了不可低估的作用。

2016 年播出的纪录片《我在故宫修文物》，虽然影片规模不大，却掀起了全国的收视热潮。许多年轻人就是看了这部片子，决定报考考古学、文献学这些冷门专业的。这部纪录片，在潜移默化中，为身处和平崛起时代的中国人注入了更多的文化自信。可以说，一部纪录片，改变了

---

① [苏] 叶夫根尼·米哈依洛维奇·魏茨曼：《电影哲学概说》，第 2 页，北京：中国电影出版社，1992 年版。
②：《纪录片创作六讲》（修订版），第 85 页，北京：北京联合出版公司，2016 年版。

许多人对故宫、对传统文化的看法，也改变了许多年轻人的一生。一部纪录片，对一个人乃至一个国家的影响力，往往比其他传播形式更加直接和深广。因此，纪录片导演说："影像能够穿透人的内心，比文字要厉害得多，它的力量是可以改变人的观念，甚至改变人的情感。"①

在构建大众历史认知、承担历史讲述者应有的社会责任、展现其应有的价值追求方面，纪录片发挥着不可替代的作用。英国历史学家卡尔对历史的定义是："历史是现在与过去之间永无止境的问答交流。"简单地说，历史是交流，是联系现在与过去的一座桥梁。而交流，则是以情感为基础的。因此，历史不仅仅具有"物质性"，不仅仅是我们学术研究的对象，也具有"精神性"，那些消逝的人物，在永恒的影像里，充分地展示着他们的存在感，带着他们各自的体验、情绪与个性，感动我们、震撼我们，引导我们越过图像的真实，抵达心灵的真实。在这方面，几乎没有什么力量能够与纪录片匹敌。由于纪录片的作用

①：《纪录片创作六讲》（修订版），第85页，北京：北京联合出版公司，2016年版。

巨大，完全构建起一种"纪录片史学"（或曰"影像史学"），并被纳入"公共史学"（一译"公众史学"）的范畴之内。

五　余论

曾获奥斯卡金像奖的服装和美术设计师叶锦添先生说："千百年来，人都在找寻认同，一种真实的存在价值，并尝试找寻相互的关系的沟通模式。"[①]即使在同一时空下的人们，相互了解与认同也不是一件容易的事，那么，在现在与过去、今人与逝者之间进行交流，就更加困难。叶锦添先生还说："各种文字内含着意识与价值上的分歧，这基本上证明了文字并不是完美的沟通工具。它暗藏很多不兼容的价值与误区，在巴别塔崩溃的同时，文字的权威也开始动摇，从而进入另一种语言的年代。文字主宰人类数千年的历史，但除了文字外，是否有另一种沟通方法？

[①] 叶锦添：《神思陌路——叶锦添的创意美学》，第 30 页，北京：中国旅游出版社，2010 年版。

当文化的融合与冲突的力度不断增加，是否可以单凭一种既有意念的理解加以涵盖？"[1]

影像是保存历史、跨代沟通提供的最佳方式。"当影像可以被记录时，新的世界就展开了。"[2]尤其在 21 世纪，人类进入数字影像时代（叶锦添先生称之为"后文字时代"），影像更会成为一种重要的文化载体——就像历史中的青铜器、画像砖一样。相信影像的力量，会为我们"穿越"时空的围困，重返历史"真实"，构建历史与现实的联系提供一种极佳的方案。历史的意义与价值，正蕴藏其中。

原载《中国公共史学集刊》第四集，

北京：中国社会科学出版社，2022 年版

---

[1] 叶锦添：《神思陌路——叶锦添的创意美学》，第 37 页，北京：中国旅游出版社，2010 年版。

[2] 叶锦添：《神思陌路——叶锦添的创意美学》，第 37 页，北京：中国旅游出版社，2010 年版。

影像与文本的互证

一

　　近两年来，我专注于一部纪录片的拍摄，这部纪录片的名字叫《故宫文物南迁》，讲述的是抗日战争期间，故宫人带着 13427 箱故宫文物精华从北平撤离，辗转大半个中国，以自己的血肉之躯守护国宝的可歌可泣的历史。同时，一部同名的历史非虚构作品也在写作中。我计划把这一部纪录片、一本历史非虚构作品，献给抗日战争胜利 80周年（1945—2025 年）和故宫博物院成立 100 周年（1925—2025 年）。

　　就在这个时候，我接到汪伟先生的电话，说他翻译了一本书，叫《"帕内"号疑云：揭秘南京大屠杀前夕的"珍珠港事件"》，是关于抗日战争时期，发生在日本侵略军与美国军舰之间的一段鲜为人知的历史。他的电话，燃起了我的极大兴趣。他寄来的打印稿，我在飞机上一口气读完，从而了解到抗日战争时期这一段历史，也对那场世界反法西斯战争有了更完整的认识。

这绝对是一段惊心动魄的历史，堪比一部惊险的战争大片，可惜在我们的历史叙事中把它遗漏掉了。此前，我只在张宪文先生主编的《南京大屠杀全史》中读到过相关的记述，对这一事件有些印象，但那部三卷本的大部头著作，重点是讲述南京大屠杀之前后经过，对"帕内"号事件只是一笔带过，此外再找到有关"帕内"号事件的其他记录，就不是一件容易的事了。我们的历史叙事，有时过于宏大，以至于一些散落在这些宏大构架下的历史细节（哪怕是相对重要的事件），都成了漏网之鱼。

所幸，有一位美国作家汉密尔顿·达尔比·佩里，追踪历史的线索，完成了一部有关"帕内"号事件的专著《"帕内"号疑云：揭秘南京大屠杀前夕的"珍珠港事件"》（以下简称为《"帕内"号疑云》），从而补上了这一空白，也让我们详细了解了这样一个被尘封已久的史实：

　　1937 年 12 月 12 日，也就是日军占领南京的前一天，已驶出南京的美军巡逻舰"帕内"号，在靠近芜湖的水域上，遭到了由 24 架日本飞机组成的编队的轰炸。尽管舰上悬挂着美国国旗，但日本飞机仍然未做任何警告，就向"帕内"号投下了炸弹。"在轰炸后，'帕内'号被日本陆军快艇用机枪扫射，飞机对幸存者也进行俯冲射击。""帕内"号在经受了前后五波攻击之后，最终在芜湖附近的江面上沉没。

　　被"帕内"号保护的三艘美国美孚石油公司的油轮，英国海军"圣甲虫"号、"蟋蟀"号、"瓢虫"号、"蜜蜂"号军舰，以及载有难民的怡和洋行"黄埔"号商船，都遭到了日本飞机的轰炸与炮兵攻击①。"整个攻击中，天气晴好，能见度高，少云甚至无云。"②这表明，日军轰炸美、

①［美］诺曼·阿莱:《我目击》,转引自［美］汉密尔顿·达尔比·佩里:《"帕内"号疑云——揭秘南京大屠杀前夕的"珍珠港事件"》，第 63 ~ 68 页（打印稿），上海：上海书店出版社，2022 年版。

②据事后组成的特别调查庭提交的《事实认定报告》，参见［美］诺曼·阿莱:《我目击》，转引自［美］汉密尔顿·达尔比·佩里:《"帕内"号疑云——揭秘南京大屠杀前夕的"珍珠港事件"》，第 183 页（打印稿），上海：上海书店出版社，2022 年版。

英两国船舰"完全是一次有预谋的行动"。

"帕内"号事件与我所讲述的"故宫文物南迁"的历史，在时间上和空间上都存在着关联性——正当美国军舰"帕内"号在长江上遭遇日军袭击的时候，原来存放在南京朝天宫文物库房里的故宫文物，几天前刚刚从同样的江面上经过。

由于战事紧急，运筹船只艰难，几经周旋之下，1937年12月3日，故宫博物院终于雇用英轮黄埔轮，载着5250箱珍贵文物驶离南京，前往武汉。"帕内"号事件让我知道，纵然是美国军舰，也躲不过日军的袭击，更不用说英国商用轮船了。假若满载故宫文物的黄埔轮晚10天离开南京，那么这批文物的命运，就可想而知了。

我是以故宫文物南迁为视点来审视这段历史的，但放在整个抗日战争暨世界反法西斯战争的历史框架下看，"帕内"号事件的意义更非同寻常，因为日军飞机对美国军舰的这次偷袭，比后来的珍珠港事件早了4年，所以书前的题记说：它是"二战日美对抗的序幕"。诚如译者汪伟先

生在译后记里所说："日军对'帕内'号的轰炸，对中美日之间的国际关系、二战东方战场的历史走向和最终结局起到了深远的影响。自此事件后，美国从民间到官方，开始了解了中国抗战的惨烈和艰难，激发了美国人民对中国人苦难的同情和理解，进而不断增加对中国的支持和援助；与此同时，也开始对日本军国主义的警觉，随后的谴责、制裁和禁运，最终导致日本在战略压力下发动对珍珠港的偷袭。"①

—————————

① ［美］诺曼·阿莱：《我目击》，转引自［美］汉密尔顿·达尔比·佩里：《"帕内"号疑云——揭秘南京大屠杀前夕的"珍珠港事件"》，第235页（打印稿），上海：上海书店出版社，2022年版。

故宫博物院从南迁文物中挑选部分文物前往英国参加伦敦中国艺术国际展览会，1933年而日本军国主义的野蛮骄横、不可一世，也终将失道寡助，激起全人类的同仇敌忾，最终只能走向彻底覆灭的耻辱结局。

二

用眼下时髦说法，《"帕内"号疑云》是一部历史非虚构作品，但它是一部很独特的历史非虚构作品。除了事件本身的跌宕起伏，它的作者汉密尔顿·达尔比·佩里也十分注重叙事技巧，使它像一部小说一样引人入胜。

首先，它的叙述角度是双重甚至多重的，并不是单一地以"帕内"号军舰为视角。它有时以"帕内"号军舰上的人们为视角，有时以日本飞行员为视角，就像电影一样切换镜头。当然，作者对镜头的切换不是随意而为，而是来自他在美国、日本采访所获得的一手资料。也就是说，他所采用的这些当事人的视角都是有根据的。于是，在这本书的第六章，我们读到这样的文字：

日本海军航空队村田重治上尉驾驶着三菱96式轰炸机，透过挡风玻璃在3300米高空紧盯着左侧下方宽阔而又模糊的长江。他迅速地瞄了一眼，发现后方左右两侧两架本航队的轰炸机紧跟着。他发出命令，使三架飞机保持队形，拉开距离。万一他的两位战友机动投弹，他可不想发生相撞[①]。

《"帕内"号疑云》一书是讲究叙事技巧的，甚至是很"电影化"的。它的叙事视角，既是美国人的，又是日本人的；既是地面（江面）的，又是空中的。这使本书对于同一个历史事件的叙述具有了多维的角度，使那段历史犹在眼前，愈显真切和立体。

当然，本书在叙事方面的魅力，不只在于作者对现场镜头的切换，其叙述角度的多重性，还体现在他对不同原始文献的援引比对上。这些文献包括新闻报道（如《纽约

[①] [美]诺曼·阿莱：《我目击》，转引自[美]汉密尔顿·达尔比·佩里：《"帕内"号疑云——揭秘南京大屠杀前夕的"珍珠港事件"》，第69页（打印稿），上海：上海书店出版社，2022年版。

时报》）、官方调查报告（如《事实认定报告》）、当事人回忆录（如阿本德 1943 年所写《我在中国的生活》）、美国官方电报、现场照片、活动影像，等等。这些文献彼此穿插、对照、证实，形成了一组叙事蒙太奇、一个多音部的合唱、一种跨文体的魅力，在叙事中浑然一体，使作者对这一历史事件的追述更加浑厚生动，铿然有声。

三

关于在事件现场拍摄的影像，我要多说几句，因为这是《"帕内"号疑云》最吸引我的地方。"帕内"号军舰上载有多名记者，其中，《纽约时报》记者诺曼·宋"拍了差不多 75 张'帕内'号受到攻击、沉没，和他们在岸上逃亡的照片"；《福克斯有声电影》摄影师"也用他的电影摄影机拍摄了很多画面"①。最关键的，是美国记者诺

① [美]诺曼·阿莱：《我目击》，转引自［美］汉密尔顿·达尔比·佩里：《"帕内"号疑云——揭秘南京大屠杀前夕的"珍珠港事件"》，第 192 页（打印稿），上海：上海书店出版社，2022 年版。

曼·阿莱，一位出生于芝加哥的新闻电影摄影师，在"帕内"号军舰被袭击之前的 12 月 4 日，拍摄了日军飞机轰炸南京埔口火车站的惨烈场面——就在那次轰炸十几天前，故宫博物院存放南京的一部分文物，从那座火车站装上火车，经由郑州、西安运往后方。而当日军飞机偷袭"帕内"号时，阿莱就在这艘军舰上，刚好可以拍下事件的全过程。

汪伟先生和我都是纪录片工作者，我想他痴迷于这部书稿的一个重要原因，就是"帕内"号事件是一段始终有影像伴随的历史。在军舰上，至少有两位电影摄影师拍摄了事件的活动影像。我没有看到过他们冒死拍下的镜头，我希望有朝一日能看见它们，相信那些画面会给我带来巨大的震撼。这些镜头，与《"帕内"号疑云》的作者汉密尔顿·达尔比·佩里的叙事构成了某种"互文"性，即不同文本之间的互证关系。

这种"互文性"，一直被我偏爱，也是我在创作中一直追求的。比如我写作《在故宫寻找苏东坡》一书，同时主创一部 6 集纪录片《苏东坡》；我写作《辛亥年》（后改名《最后的皇朝》）一书，同时主创一部 10 集纪录片《辛亥》；而我目前正在写作《故宫文物南迁》，我也同时导演一部同名的纪录片。我认为，影像叙事和文本叙事可以形成"互文性"，互相补充，彼此成全。而"帕内"号事件的纪录片，是在事件发生的当时，由摄影师不顾安危同步拍摄的，就愈发显示出它的珍贵。这些真实的历史镜头不仅成为后人追溯那段历史的宝贵文献（如我在《历史的复活术》一文中所说，活动影像也是历史文献），也成为认定日本军国主义罪行的重要物证，让军国主义者无法逃脱历史的审判。这就是我在《历史的复活术》一文中所说的，影像不仅能"再现"历史，还能够"创造"历史。

这批记录着"帕内"号事件真相的活动影像有着不言而喻的价值，因为"这些胶片将证明日本飞机飞得多低，现场的能见度，日本飞机对'帕内'号和幸存者扫射的可信性"，"如果在这中间，胶片被毁或被偷——华盛顿，整个世界，就再也没法拿出证据以证明这个案子"[1]。所以，它们能不能被保存下来、冲印出来、公之于世，就构

---

[1]［美］诺曼·阿莱：《我目击》，转引自［美］汉密尔顿·达尔比·佩里：《"帕内"号疑云——揭秘南京大屠杀前夕的"珍珠港事件"》，第193页（打印稿），上海：上海书店出版社，2022年版。

成了全书的另一条线索、另一层叙事。它叠加在"帕内"号事件之上，成为本书中牵动人心的一部分。所幸，当日本飞机轰炸"帕内"号的时候，拍摄者阿莱把这些胶片用帆布包好埋在土里，即使他们全部被日本人杀死，这些胶片也会保留下来。后来他又带着他拍摄的53卷电影胶片（每卷30.48米长）从上海经香港转马尼拉，又经过关岛、威克岛、中途岛和火奴鲁鲁返回华盛顿，其中的过程可谓步步惊心。最终，阿莱在《环球新闻》总部的放映室里，第一次看到了自己拍摄的画面，而画面上的有些人物，此时已经死去。

《"帕内"号疑云》是一部历史之书，但它是一部有着叙事魅力的书。它的作者有着小说家一般灵活多变的叙事技巧，有纪录片一般的真实感。它用最贴切的方式告诉我们，所谓历史，其实就在我们眼前。

本文为作者为《"帕内"号疑云：揭秘南京大屠杀前夕的"珍珠港事件"》一书中文版所做序言，上海：上海书店出版社，2022年版

我们的历史

故宫太和殿，张林摄

一　公共史学的视野

2020 年，是紫禁城肇建 600 周年，在这一年，我的一部厚达 700 多页的《故宫六百年》由人民文学出版社出版，这是人民文学出版社为我出版的"祝勇故宫系列"的第九本书。尽管遭受了疫情的冲击，且此书的定价不菲，却依然创造了一年销售 10 万册的业绩。2020 年 5 月 25 日晚，在人民文学出版社与快手合作举办的云首发上，一晚的在线直播，累计观看人数达到 18465527 人。

这一年的最后一天，《北京日报》刊发一篇《2020 年中国出版业云上"重塑"》的文章，文中说："作家祝勇一定没有想到，今年他创下图书行业直播带货参与人数的最高纪录。"中宣部学习平台"学习强国"也转发了这篇文章。《故宫六百年》还被中国出版集团评为年度"中版好书"，入围"中国好书"年度榜，被出版业内权威的《中国新闻出版广电报》列入"2020 年度优秀畅销书排行榜"。

尽管我为这次写作做了很多年的准备，查阅和积累了大量的历史档案文献，写作时间长达 5 年，尽管我在此书中融入了对于这 600 年历史的探究与思考，但依然能够感受到某些"专业人士"对这种写作方式的不屑，认为它是"文学"的，不是学术的，甚至先入为主地认为它是不严谨的。这缘于我们学术界长期以来形成了一个固化的思维，即对历史的研究与表述，必须以学术论文的格式完成，而任何企图超越这种八股文式写做的努力，都被宣布为"非法"。

固然，在学术研究与交流的层面上，学术性的书写有着不可替代的价值，但它不是历史研究和书写的唯一方式，我们的学术界已经把历史研究和历史书写狭隘化了，变成了象牙塔里的自说自话，成为一种所谓的精英话语，"躲进小楼成一统"，而丧失了与时代、与公众对话的热情，特别是 20 世纪 90 年代以来，更呈现出"思想淡出，学术凸显"的治学倾向，"使史学界内部萌生的普及应用冲动被遏制"①。

中国人民大学历史学院副院长姜萌说："过去很长一段时间，中国现代史学重历史研究，轻历史书写、历史记载；重知识生产，轻知识传播；重专业学科构建，轻公共生活参与。"②这样的傲慢与偏见，从另一个角度反映了某些"学术精英"同样存在着某些知识死角，即：这样的一种非学术式的历史书写方式，不仅不是"非专业"的，而已被归入了"公共史学"的范畴。服务于大众的公共史学，本身也是学术，在世界上，公共史学早已突破了历史学术的固化疆域，成了一门"显学"。遗憾的是，国内学术界的许多人士长期以来对这样的学术茫然无知。

1976 年，美国加利福尼亚州大学圣塔芭芭拉分校历史系教授罗伯特·凯利和他的同事韦斯利·约翰逊从洛克菲勒基金会获得了一笔为期三年的基金，于是在这所大学开

①姜萌：《通俗史学、大众史学和公共史学》，原载《史学理论研究》，2010年第 4 期。
②姜萌：《历史就在每个人的生活中》，原载《中国公共史学集刊》，第一集，第 2～3 页，北京：中国社会科学出版社，2018 年版。

设了"公共史学"研究生课程，当年招收了第一批公共史学研究生，总共 9 人。至今，全美近百所大学的历史系都设置了公共史学的研究生学位项目，公共史学课程也进入了许多高校历史系的本科教学。

1978—1980 年间，美国举行了一系列关于公共史学的讨论会，吸引了专业历史学家和那些在政府部门、博物馆、档案馆等工作的史学工作者参加。

1978 年，美国史学界创办了专业杂志《公共历史学家》（*The Public Historian*）。也是在这一期创刊号上，凯利第一次公开使用了"public history"（公共史学）的概念。

两年后，全国公共史学委员会（National Council on Public History，以下简称 NCPH）成立，成为来自不同领域的"公共历史学家"的全国性专业学术团体。作为一个新兴学科，它开辟了史学研究和史学应用的新途径，对传统的学院派史学提出了严峻的挑战[①]。

①王希：《谁拥有历史——美国公共史学的起源、发展与挑战》，原载《历史研究》，2010 年第 3 期。

故宫午门的鸽子，图片来自视觉中国

1989 年，L.R. 哈伦担任美国历史协会主席，他在《美国历史协会的未来》的就职演讲中表明，学院派史学的领袖人物正式承认了公共史学的价值，并明确希望学院派史学学习公共史学的优点，以促进历史学的健康发展。①

在 L.R. 哈伦等人的推动下，美国学院派史学与公共史学产生融合，使美国的历史学研究产生了根本的变化。罗凤礼先生 1992 年撰文谈到这种变化时说："当前美国学院派史学与公共史学的互相靠近既成事实，这一事实对美国史学的未来具有重大意义，它预示着美国史学将在一个新的基础上加强它为社会现实服务的功能。"②

在中国，公共史学在 20 世纪 80 年代末才开始引起注意，先后有学者写下一系列理论文章予以评介，其中有王渊明《美国公共史学》（1989 年）、罗凤礼《当代美国史学新趋势》（1992 年）、杨祥银《美国公共历史学综述》

① [美]L.R. 哈伦：《美国历史协会的未来》，原载《国外社会科学文摘》，1992 年第 8 期。
② 罗凤礼：《当代美国史学新趋势》，原载《史学理论研究》，1992 年第 2 期。

（2001 年）、孟宪实《传统史学、新史学和公共史学的"三国鼎立"——以武则天研究为例》（2010 年）、姜萌《通俗史学、大众史学和公共史学》（2010 年）、陈新《从后现代主义史学到公众史学》（2010 年）、陈新《"公众史学"的理论基础与学科框架》（2012 年）、王希《西方学术与政治语境下的公共史学——兼论公共史学在中国发展的可行性》（2013 年）、王希《把史学还给人民——关于创建"公共史学"学科的若干想法》（2014 年）、钱茂伟《公众史学或公共史学辨》（2014 年）等；专著有钱茂伟《中国公众史学通论》（2015 年）、姜萌《公共史学概论》（2020 年）等。

2004 年，香港中文大学开设"比较及公共史学文学硕士"课程，成为中国最早开设公共史学学位的大学。2018 年，中国人民大学史学理论研究所创办了《中国公共史学集刊》，成为中国第一个公共史学领域的专业性集刊，集中刊发有关公共史学理论探索的论文，及实践经验介绍、调查等类文章，以推动中国历史学界推进公共史学的发展。

2021 年 7 月，《中国公共史学集刊》、社科文献出版社等单位联合组织三场《源流与边界——历史非虚构写作的理论维度》讨论会，分别邀请了北京大学罗新、赵冬梅、中国人民大学杨念群、张宏杰，故宫博物院祝勇，澳门大学王笛等十几位学者进行研讨，是历史学界对于作为公共史学的历史非虚构写作的一次大规模讨论（此前文学界曾对历史非虚构写作进行过若干讨论）。对于公共史学在中国兴起、发展的轨迹，中国人民大学历史学院姜萌副教授在《"公共史学"与"公众史学"评议》[1]一文中进行了回顾。公共史学，已经在中国开始了自己的旅程。

二　公共史学的内涵

什么是"公共史学"？中国人民大学国学院孟宪实教授给出的定义是"非专业人士的历史阅读和研究"[2]。我理解，他是说公共史学就是（历史）"圈"外的人做"圈"

---

[1] 姜萌：《"公共史学"与"公众史学"评议》，原载《中国公共史学集刊》，第一集，第 57 ～ 77 页，北京：中国社会科学出版社，2018 年版。
[2] 孟宪实：《传统史学、新史学和公共史学的"三国鼎立"——以武则天研究为例》，原载《中国图书评论》，2009 年第 1 期。

内的研究。而陈新先生的定义则恰恰相反，认为它是"圈"内的人做"圈"外的普及，他说："所谓公共史学，是指由职业史学人士介入的、面向公众的历史文化产品创制与传播。这里所说的职业史学人士，是指接受过职业历史学系统训练的人士……"[①]

在我看来，所谓"专业人士"与"非专业人士"的区别，本身就是一个伪命题——我们如何界定谁是"专业人士"，谁又是"非专业人士"呢？是根据学历界定吗？还是根据什么其他的"硬件"条件？五四运动时期多少大师，像陈独秀、梁漱溟、钱穆，都没有什么"过硬"的学历。陈独秀先生早年在杭州中西求是书院学习，被开除了，后来逃亡日本，入东京高等师范学校，还是速成科，但陈独秀先生痴迷于文字学，写出《小学识字教本》《荀子韵表及考释》《实庵字说》《老子考略》《屈宋韵表及考释》等一系列训诂学著作；梁漱溟先生中学毕业后就当《民国报》记者了，但他毕生致力于国学研究，写有《中国文化要义》《东西文化及其哲学》《印度哲学概论》等东西方文化论著；

---

①陈新：《"公众史学"的理论基础与学科框架》，原载《学术月刊》，2012年第4期。

钱穆先生中学都没有毕业，但这并不影响他日后成为"新儒家"代表人物、一代史学大师。

因此，"非专业人士"完全可以写出"专业性"的著作，反过来，"专业人士"也可以写出"非专业性"（通俗性）的著作，最典型的例子，就是黄仁宇先生所写的《万历十五年》。

黄仁宇先生曾任美国哈佛大学东亚研究所（现费正清研究中心）研究员，参加过李约瑟博士主持的《中国的科学与文明》的集体研究工作，也参与过《剑桥中国史》的写作，他的"专业"身份毋庸置疑，他的明史研究专著《万历十五年》却出了（专业）"圈"，成为广受大众读者欢迎的"超级畅销书"，自 1982 年在中文版由中华书局出版至今，一"火"30 年，成为中国出版界的"现象级"出版物。美国作家约翰·厄普代克评价说："《万历十五年》尽管是一部严谨的学术作品，但却具有卡夫卡小说《长城》那样的超现实主义的梦幻色彩。"[1]中国作家王朔也说："这

---

[1]《"大历史观"来了！严肃的正史也可以很好看——黄仁宇〈万历十五年〉赏析》，原载《意林》，2018 年第 8 期。

本书改变了我对历史书、对历史的看法"，"《万历十五年》像一扇窗，打开了我的视野"①。

而历史学"出圈"，进入公共视阈的代表性事件，非2001年中央电视台创办的"百家讲坛"栏目莫属。这一原本在中央电视台处于边缘位置的小栏目、一个"绝对睡眠时间"播出的节目，因为集结了阎崇年、易中天、刘心武、王立群、钱文忠、于丹、蒙曼、康震、郦波、李山、张宏杰、赵冬梅一干人等而一跃成为中央电视台最受追捧的电视栏目，这些主讲人后来将他们的讲稿整理出版，也无一例外地成为历史类畅销书，如阎崇年《大故宫》、易中天《品三国》、刘心武《刘心武揭秘〈红楼梦〉》、王立群《王立群读〈史记〉》、钱文忠《玄奘西游记》、于丹《〈论语〉心得》《〈庄子〉心得》、蒙曼《武则天》《太平公主》《长恨歌》、康震《诗仙李白》《诗圣杜甫》、郦波《大明名臣：风雨张居正》《五百年来王阳明》、李山《春秋五霸》《战国七雄》、张宏杰《成败论乾隆》、赵冬梅《司马光和他的时代》等。他们的历史叙述赢得了巨大的粉丝

---

① 《"大历史观"来了！严肃的正史也可以很好看——黄仁宇〈万历十五年〉赏析》，原载《意林》，2018年第8期。

量，也因此而被一些"专业人士"视为"低端""媚俗"或者"非专业"。吊诡的是，他们全部拥有"专业"的身份,比如阎崇年先生是北京社会科学院满学研究所研究员、北京满学会会长、中国紫禁城学会副会长，易中天先生是厦门大学教授，刘心武先生是著名作家、茅盾文学奖得主、《人民文学》杂志原主编，王立群先生是河南大学教授，钱文忠先生是复旦大学教授，蒙曼是中央民族大学教授，于丹、康震、李山皆为北京师范大学教授，郦波为南京师范大学教授,张宏杰为中国人民大学历史学院研究馆馆员，赵冬梅为北京大学教授，其中大部分为博士生导师。他们的历史讲述因广受欢迎而背负了"通俗"之名，但没有他们在各自领域里的深入研究，又何来这份"通俗"呢?

还有一些历史学家，无须借助电视平台来"助攻"，而是直接诉诸文本的力量，同样受到"圈外"读者的追捧，一时间洛阳纸贵，终使这些原本的学院派史学家"沦落"为畅销书作者，如：北京大学教授韩毓海《五百年来谁著史》、中国社会科学院近代史所研究员雷颐《李鸿章与晚清四十年》、中国社会科学院近代史所研究员马勇《中国历史的侧面》、中国人民大学教授张鸣《北洋裂变：军阀与五四》《辛亥：摇晃的中国》等。其中，中国人民大学清史研究所张宏杰《曾国藩的正面与侧面》（并非《百家讲坛》讲稿）自 2011 年出版以来，总印数超过 50 万册；台湾前"清华大学"驻校作家岳南《南渡北归》三部曲自 2011 年出版以来，总销量已超过 100 万套；黄仁宇《万历十五年》的总销量更是高达近 600 万册。这些公共史学著作，还有一个更加通俗的称谓——历史非虚构。

其中代表性的作品，一是李开元的《秦谜》，一是高洪雷的《另一半中国史》。

李开元主张"历史是基于史料对往事的推想"，因此他的写作带有强烈的"历史推理"色彩。由于李开元长期从事秦汉史研究，因此在他的书中，可以看到他受到良好的学术训练，有着扎实的学术功底，立足于近半个世纪的重要考古发现，其中包括大批出土的秦简和秦始皇陵兵马俑的发掘，结合文献史籍，并对历史现场进行田野调查，透过蛛丝马迹、雪泥鸿爪，揭示了一系列未解之谜。四川大学历史系教授刘复生先生评价："李开元的书为什么受到欢迎？在他出色的语言表现背后，蕴藏着多年学术研究的深厚功底,更有打破常规的开拓情怀,所以能够再叙历史,营造一个古今交会、鲜活生动的新世界。"

　　高洪雷的《另一半中国史》,改变了中国正史将少数民族史纳入边疆史的传统写法,以一个更加开放的立场,将历史上的少数民族放到华夏文明的主舞台上,当作历史的主体来书写,通过还原被忽略的"另一半中国史",来构建一部更加完整的、多民族互动的大中华史。如论者所说:"专业研究的成果转化成生动的文字,使得精彩由此延续,历史文献中的草蛇灰线一旦在作者笔下逐渐清晰起来将是莫大的惊喜。作者举出'楼兰新娘'、敦煌宝藏,依靠瑞典探险家斯文·赫定的游记为古国续写历史。其实还有更多未曾被作者涉猎或者应用的,随着民族或者外族文字不断被发现,古代的双语、三语出土文书和碑铭更仔细地被解读,民族历史纪事长编正在逐次替代喻义模糊的神话传说,器物和图像的发现正可以还原部落族人生活的场景或者宗教严肃的仪轨。这些成果每前进一步,就更会展现汉文化与部族文化的交相辉映,也更能从细节上体会汉族与这些少数民族,曾经敌对,曾经守望,曾经融合。"①

①王楠:《复调历史的探寻》,原载《光明日报》,2011 年 1 月 4 日。

综上，我们可以得出这样的结论：所谓的"公共史学"，其实就是进入了公共视阈的、进而影响到社会大众的历史认知、参与了社会道德价值体系建立的历史学。

公共史学的宗旨，与学院派史学不同——前者是为大众、社会服务的（当然也不排斥学术界读者），而后者仅服务于学术研究，仅用于学术界内部的研讨交流。香港中文大学历史系主任苏基朗教授将公共历史形象地称为"入世的史学"[1]。

我们知道，中国的民众，对历史始终怀有强大的热情。这种热情，从前曾诉诸历史题材的民间戏曲和白话小说，而今则追加给了"百家讲坛"、喜马拉雅音频节目、纪录片、影视剧、数字媒体、电子游戏及相关历史著作等诸多载体。而公共史学，正是以大众为倾听者，为谈话对象，与中国民众对历史的强大兴趣相吻合。它关注的，也是大

---

[1]苏基朗：《入世的史学——香港公众史学的理论与实践》，见［美］裴宜理、陈红民主编：《什么是最好的历史学》，第1～10页，杭州：浙江大学出版社，2015年版。

众乃至整个社会所关注的问题。假如说学院派史学是"我注六经"，那么公共史学就是"六经注我"。公共史学本身可以为学术服务，但它的目的不限于学术，不只是为了解决某一个具体的学术问题，而是旨在重塑民众对历史的认知，塑造整个民族的文化信念。

固然，"作为一门学科，历史学不可能也不应当完全走上实用主义道路，但历史学也不应当回避它有一些能直接服务于社会经济文化建设的职能"①。赵冬梅也说过类似的话："我们生产知识并以知识服务社会，二者缺一不可。如果说专业化的道路是'曲径通幽'的话，那么公共史学的道路则通向广阔的世界。"②

总而言之，公共史学是根据其功能定义的，与研究者的"专业"或者"非专业"身份无关。读者的关注点，不在作者的头衔，而只在他们的出发点、内容与方式。与传

①国家教委高等学校社会科学发展研究中心编：《中国100所高等学校中青年社科教授概览》，第662页，长沙：湖南师范大学出版社，1994年版。
②赵冬梅：《公共史学范畴下的专业史学家：责任、挑战与操守》，原载《史学理论研究》，2014年第4期。

统学院派史学比起来，公共史学是一个更加开放的体系，它对于作者是开放的，对于读者亦是开放的。公共史学不是将读者、大众视为一个"他者"，而是站在读者、大众的立场上去思考和探究历史。立足大众的公共史学，使历史不再是"他们的历史"，而是成为"我们的历史"。

三　公共史学的学术操守

不可否认，有一些"戏说""八卦""宫斗"类历史读物招摇于市，在这些读物中，历史只是一个遥远而模糊的背景，历史的真实也并不重要，真的成了"任人打扮的小姑娘"。在我看来，它们是借用了历史外壳的伪历史，是"借壳上市"，与历史学无关，自当排除在公共史学的范畴之外。

"公共史学"一词，核心是"史学"，"公共"是修饰词。也就是说，公共史学首先是一门史学，或者说是史学的一个分支学科，它的指向是"公共"（也称"公众"），而不是学术界内部。

　　作为一门史学，尤其是服务于公共、社会的史学，公共史学是扎根于学术研究的基础上的，对于学术严谨性的要求丝毫没有降低。无论是成为"超级畅销书"的《万历十五年》，抑或是"百家讲坛"的种种出版物，以至于大量游散在"民间"的"非专业"历史学者，如姜鸣、萨苏、梅毅、雪珥等，他们的著作都基于对历史问题多年的研究与思考之上。《龙旗飘扬的舰队》的作者姜鸣，是从事证券工作的金融工作者，但为了准确叙述中国近代海军史，他进行了大量的考据，吸收海战战役和战术细节，近代造船、舰艇工业的发展等海内外对近代海军多角度的研究成果，深入到海军建设的制度兴革，舰船军械的购买和制造，军队的教育训练、基地建设、经费收支等方方面面，对于扩大海军史的研究广度和深度，无疑起到了推动作用。此书的学术性，是它畅销不衰的主要原因。

　　无独有偶，梅毅也是金融业界人士，长期从事西方资本研究，然而，他的一系列史学专著，如《华丽血时代》《帝国的正午》《刀锋上的文明》《帝国如风》《大明朝的另类史》等，不仅受到成千上万读者的热捧，也受到学者专家的认可。中国作家协会副主席、鲁迅研究专家阎晶明先生说："梅毅的作品基本上就是一个中国全史。我认真读了《两晋南北朝》和《辛亥革命》。这两本的历史是最复杂的，要从线索和人物上梳理清楚难度很大。把中华民族的历史从特定的角度书写出来，把大时代、大历史的小故事、小情节抒写出来，有利于大众更深入地理解中国历史。"①

我们如何区别公共史学与"戏说"，不在作者身份，而在它的学术性。无论作品怎样服务于公共目的，首先要遵循学术操守，不能人云亦云，更不能哗众取宠；这些历史著作无论有着怎样鲜活的外表，都不能离开历史学术作为支撑，寻找到独特的史料，表达出独到的观点——总的来说是要有问题意识，有时候，提出问题比解决问题更加重要，因为问题的提出，本身就体现了一个学人的治学和思考的深度，而不是将历史写作沦为历史的"百度百科"，

---

① 《〈梅毅说中华英雄史〉：从英雄人物的角度来解读中国历史》，原载澎湃新闻官方账号，2018 年 6 月 26 日。

不是历史文献的白话文翻译，更不是历史的流水账。

2019 年，故宫博物院正式提出了"四个故宫"的建设体系。所谓"四个故宫"，就是"平安故宫""学术故宫""数字故宫""活力故宫"，其中，"数字故宫"和"活力故宫"，就与公共史学的理念相重合。"数字故宫""活力故宫"和"学术故宫"互动，公共史学与学院派史学互渗，使得大量有关故宫的历史文化数字产品、文创产品和出版物受到观众、读者的欢迎。其中，故宫出版社出版的《故宫日历》《紫禁城 100》《谜宫》《大宋风华——立体〈清明上河图〉》等，皆可纳入公共史学的范畴。

在故宫的出版物中，《故宫日历》是最引人注目的一种，它把关于故宫的历史、文物知识纳入每一页日历中，以润物无声的方式，让读者每天都能感受到中华优秀传统文化的魅力。《故宫日历》原本在民国时期就出版了，自 2010 年《故宫日历》重新出版以来，在读者中引起强烈反响，

《故宫日历》书影，北京：故宫出版社

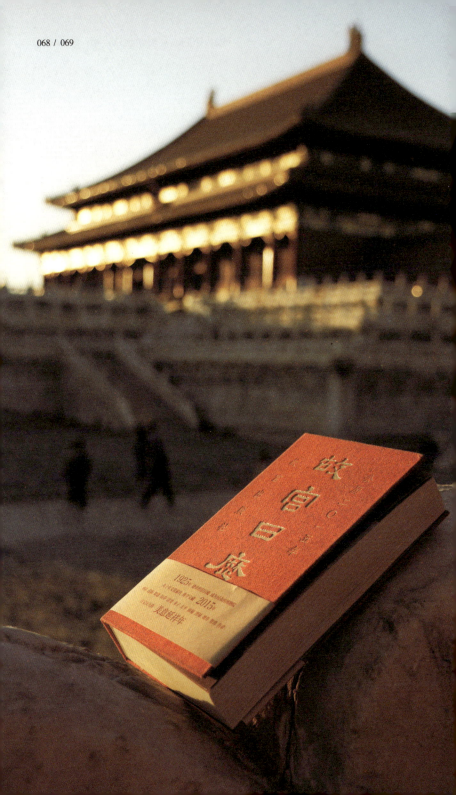

引领了"文化日历"的出版潮和消费潮，使日历"死而复生"，2020 年以"紫禁城 600 周年"为主题的《故宫日历》，年销量高达 120 万册。

《紫禁城 100》是纪录片《故宫 100》的艺术创意顾问赵广超先生带领他的团队完成的一部手绘图文书，以手绘三维透视图来图解紫禁城建筑文化的整体与细节，其中许多宫殿内部的透视图，像一个个打开的盲盒，以 45 度角俯瞰宫殿的内部结构。无论绘画，还是文字，都是在长期精研故宫文化与历史的基础上，提炼创意而成的。

《谜宫》是一部互动解谜游戏书，创造性地将实体书籍与线上系统结合起来，使读者可以一边看书，一边在手机应用程序上进入游戏，将有关故宫的历史文化内容融入解谜游戏中，在 35 道关卡中设置了一百多个历史知识点，使读者（游戏者）仿佛置身于历史现场，吸引他们在环环相扣的情节中，逐步破解故宫历史的"未解之谜"，既是一部引领读者破解故宫密码的历史之书，又刷新了传统图书的书写和阅读方式，将纸质书与手机结合起来，实现了多媒介的互动，是"四个故宫"相互联动的最鲜活的实例。

更值得一提的是，该书在营销过程中创造性地采用了众筹的方式，第一部《谜宫·如意琳琅图籍》众筹金额高达2020万元，第二部《谜宫·金榜提名》众筹金额为1414万元，不仅见证了这两本书的营销业绩，更见证了广大读者的参与度。两部游戏书共发行了60万册，总码洋1.2亿元。

2020年，在紫禁城建成600年、《清明上河图》重新发现70周年之际，故宫出版社把广受大众瞩目的宋代绘画长卷制作成立体书《大宋风华——立体〈清明上河图〉》，把《清明上河图》分解成数以千计的小"零件"，其中包括僧、医、商、农等人物，牛、骡、驴等牲畜，车、轿、船等交通工具，通过手动操作，可以让《清明上河图》"动"起来，使宋代的社会风貌和市井百态"跃"然纸上，每一处细节的呈现都基于严谨的学术基础。该书同时附有故宫博物院研究馆员、国家文物鉴定委员会委员余辉先生的《〈清明上河图〉面面观》，使这一"活化"项目有了更坚实的学术基础。

以上都以学术为支撑，利用了灵活多样的现代手段，改变着、拓展着历史知识与历史观念的传播方式，完成了对中华优秀传统文化的创造性转化，达成了学术性和传播力的完美结合。

就我个人而言，十多年来，我以故宫为主题的写作，即是在这样的大背景下展开的。2011 年辛亥革命 100 周年，我写了一本《辛亥年》，由生活·读书·新知三联书店出版（后更名为《最后的皇朝》，收入人民文学出版社出版的"祝勇故宫系列"），试图在革命史的视角之外重新寻找一个视角，即现代化史的视角，去重构辛亥革命的历史时空。我的叙述对象，也由革命者扩大为更广大的社会群体，虽然基本上以紫禁城为舞台，以紫禁城内的皇族为核心，却辐射到帝国军人、知识分子、普通百姓等广大的群体。

此书出版后，我与清史学家黄兴涛先生在三联书店做了一次对话，我说，过去谈到辛亥革命的时候，更多的是从革命史的视野出发，从革命史的叙述框架出发，来重建革命的过程。在这个过程中，以孙中山为首的同盟会、革命党，占据了历史舞台的绝对中心。这并不错，但不完整。辛亥革命是一场巨浪，涉及很多层面，形形色色的人都卷入到这个时代的巨大变迁中来。它不仅是一场政治革命，更是一场巨大的社会变迁。革命者也不是孤立地存在的，而是依托于当时的社会环境存在的。革命纪念馆中一件件失掉光泽的革命文物、革命史的慷慨陈词，储存的仅仅是辛亥革命的部分内容，而不是全部。

因此，当我们站在今天的视角上，回望100年前那场革命的时候，才能在历史中融入我们今人的思想，使历史不至于沦为与现实无关的废墟。

我还说，我们说辛亥革命是资产阶级革命，但当时中国到底有没有资产阶级，有多少资产阶级，中国的手工业情况是怎样的，纳税人有多少，这些搞清楚了吗？很多都没搞清楚。章开沅先生早在20世纪80年代就认识到这个问题，同样在《辛亥革命史研究中的一个问题》一文中，章开沅先生提到，在1903年初《湖北学生界》第1期发表的《湖北调查部纪事叙例》中，拟定的经济调查项目多如牛毛，包括生产、分配、消费、岁入、岁出、积储，等等，非常详细；在同年春《浙江潮》第2期刊登的《浙江同乡会调查部叙例》中，仅社会一类的调查项目，就包括户口、民智、人民强弱、地方贫富、人民生计、风俗、望族、富户、地方自治、家族自治、善堂义举、秘密会社，等等，为我们提供了丰富的社会信息。

20 世纪 80 年代是中国改革开放的起步阶段，辛亥革命史的研究实际上也从那时真正拓宽视野。以后的 30 年，随着学术国际化接轨，一些西方的研究方法开始介入到中国历史研究和辛亥革命史的研究过程中来。比如说经济学、人类学、社会学，以及各种交叉学科研究角度，使辛亥革命研究更加丰富，我们应该站在更加丰富的视角看待辛亥革命。我在写《辛亥年》（《最后的皇朝》）的时候，尽可能地想站在更广阔的角度认识辛亥革命，尽管有些材料很细小，尽管《辛亥年》（《最后的皇朝》）不是理论著作。

因此，在写作此书时，我仔细地寻找、爬梳档案文献，为自己的写作寻找大量的证据，并以此建构起一个全新的历史叙事。这样的方法延续到我后来的写作中，诸如我在人民文学出版社出版的"祝勇故宫系列"，如《远路去中国》《故宫六百年》等，皆是如此。

无论我们的写作如何出于"公共"目的，我所有关于故宫的历史书写,都必须以文献史料为基础,不可能去演绎,甚至去向壁虚构。我们以现代的眼光重看历史,就需对已有的史料重新利用,既要辨其真伪,也要在貌似不相关的史料中发现新的联系。比如在《故宫六百年》中,我提到康有为的回忆录《康南海自编年谱》,字里行间充满了自恋式的自我夸大和对时局的错误臆测。这是由康有为的性格决定的。其实戊戌变法后来以失败告终,更多地取决于这样的性格,而不是袁世凯的所谓"告密"。假如我们认真对待先人留下来的史料,我们就会发现许多的"人云亦云"都是不靠谱的。比如慈安是慈禧毒死的;慈禧挪用海军军费修建颐和园导致甲午战争失败;袁世凯告密使慈禧发动政变,导致戊戌变法失败;等等。这些都不是事实,对此,史学界已有认定,但普通读者却仍坚守成见。《故宫六百年》中的慈禧形象,可能许多人接受不了,因为口碑的力量太强大,但它是基于文献的。我要让更多的读者喜欢看历史,能够读懂历史,透过浩繁而枯燥的文献,展现出历史学的强大魅力。

我的一些书籍(如《故宫六百年》《故宫的隐秘角落》《在故宫寻找苏东坡》等),都以不斐的成绩在销售,有些书籍也荣登了一些销售排行榜，但这并不能遮掩它们背后的学术性。有一次我给张宏杰打电话，谈到我们这种历史写作，他将这种类型的历史著作称为"通俗历史"。我知道他是在自嘲，是在低调，但我心里是感到委屈的，因为这些著作与蔡东藩的"历代史通俗演义"完全不同。它们不是"演义"，而是从严谨的学术立场出发的，有着一丝不苟的论证过程，有着深刻的问题意识和鲜明的人文关怀，只不过它们没有使用标准的学术型写作，而是使用了另一套表达工具而已。

尽管公共史学充分照顾到大众的读史需要，但我不同意将公共史学降格为心灵鸡汤式的历史快餐。为此，"公共史学家"必须有严格的自省意识，不能盲目沉迷于自己粉丝的人多势众。北京大学历史学系教授、中国宋史研究会理事、"百家讲坛"主讲人赵冬梅说得好："学者在媒体上讲历史，公众信赖其'专家'身份。这种身份来源于学者之前发表过的论文、著作，以及在专业领域内的科研、教学活动。而当学者开始面向公众讲故事的时候，他的一只脚便已经跨出了专业领域，接下来，必然面临'专家'身份的维系问题，具体而言，就是论著型作品的继续生产问题。个人以为，为讲故事而进行的阅读是一种更全面的、更开放性的阅读，它要求学者同史料进行更为密切、更无预设前提的对话。这种阅读，以及此后同非专业读者的碰撞，都可能激发出新的想法、新的问题。投身公共史学与专家型写作，从根本上来说并不矛盾。但是，在时间上却必然冲突。任何写作都需要时间，专业写作更要求心无旁骛地投入。因此，优秀的学者对于传播领域应当是可以入得，亦可以出得。一段时间之后，必须回归专业写作，以维系其专家身份。"①

书斋，是治史者的精神根据地，只不过书斋的门不是封闭的，而是永远向民间敞开的。

四　公共史学的价值追求

既然是面向公众的史学，公共史学就应当承担起它应

①赵冬梅：《公共史学范畴下的专业史学家：责任、挑战与操守》，原载《史学理论研究》，2014年第4期。

有的社会责任，展现出它应有的价值追求。我们知道，我们能够"看到"的历史，其实是被书写下来的历史，所有消逝的时光，只能通过那些书写下来的文字与后人相遇，而后人，也只能凭借那些记载、书写（即我们所说的文献），去追忆前辈的逝水年华。

既然历史有赖于书写才传到今天，那么所有的历史书写，都不可能是绝对中立、客观、全知的，都会带有这样的或者那样的主观性。中国的史学自诞生那一天起，就毫不避讳地把这种主观性追加在历史书写中。司马迁写《史记》，甚至主动跳出来，在每一个篇章后加上一段"太史公曰"作为作者对历史事件的评论。司马光《资治通鉴》对历史的叙述中，也加入了长长的"臣光曰"，"臣光"，就是"臣司马光"。

但这种主观性并不是随意的，甚至不是因人而异的，由于自孔子、司马迁以来，儒家知识分子主导了历史的书写权，因此，中国的传统史学（指五四运动以前的史学），先天地被贯注了儒家意识形态，比如主张仁而有序、重义轻利、格物致知，等等，宋代张载用一句话概括了儒家知识分子的价值观，即："为天地立心，为生民立命，为往圣继绝学，为万世开太平。"而以儒家为主导的历史书写者，则把这一准则输入到他们的历史卷册中，作为他们评判历史的准则，中国的历史书写，无论哪朝哪代，都被一以贯之地赋予了同样的准则，这使中国的古代史学获得了立场上的一致性。

在《故宫六百年》中，我这样写：

历史不再像流水，像旷野上刮过的风，过去就过去了，毫无意义可言。在儒家那里，历史被赋予意义，意义的核心，就是儒家推崇的忠孝仁义，核心是"仁"，就是"爱人"。孔子说："君子务本，本立而道生。孝弟也者，其为仁之本与。"[1]凡是合乎这一原则的，在历史中都被赋予正面形象；不符合这一原则的，在历史中都成为反面形象。海瑞敢于写《治安疏》大骂嘉靖，也是因为他相信"青史"将站在他这一面，一句"历史会怎样评价我们"，会让所有人倏然惊悚，连被骂的嘉靖，都不时偷偷取出《治安疏》，

[1]《论语·大学·中庸》，第17～18页，上海：上海古籍出版社，2013年版。

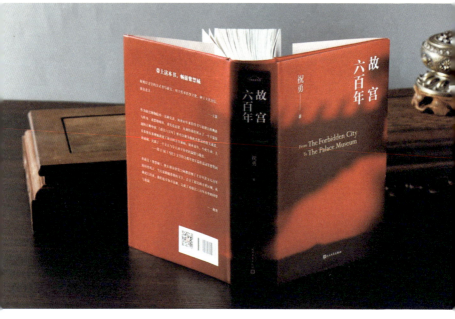

《故宫六百年》书影，北京：人民文学出版社，2020年版

"日再三"，"为感动太息"①。

因此，儒家对历史中的叙述，不是（也不可能是）中立的、"客观的"，不同的人被赋予了不同的色彩，成为"角色"。角色角色，"角"都是有颜色的，或红脸，或白脸。因此，由儒家书写的二十四史中，才有奸臣、贰臣传，连

①［清］张廷玉等撰：《明史》，第3957页，北京：中华书局，2000年版。

皇帝、皇子的课本也不例外。比如元代王恽向太子进呈的《承华事略》、明朝身边帝师的内阁首辅张居正为教育好九岁小皇帝万历而编订的《帝鉴图说》，既讲述了英明君主的"先进事迹"，也讲述了荒淫皇帝的倒行逆施，历史也变得好看，有故事感，起伏跌宕，千回百转。历史也滋养了话本小说、民间戏剧的发展，让曾经发生过的忠奸故事，都深入人心。最终，一切的正义，都将得到表彰（哪怕是在后世），所有的奸佞，都逃不过鞭挞——中国人不喜欢悲剧，而是偏爱"大团圆"的结局，不是因为浅薄，而是因为中国人相信世界终究是公正的，相信善有善报、恶有恶报，"圆满"即使不存在于现世也一定存在于未来。而历史的意义，并不仅在于对过往人、事的评价与追思，更在于它对当下人物进行警示、鞭策，从而对现实或多或少地有所修正。

中国人相信历史，历史甚至可以说是中国人的信仰。所以自《史记》以后，每朝每代都要书写前朝的历史——元朝人写《宋史》，明朝人写《元史》，清朝人写《明史》，仿佛一个漫长的约定，被不同姓氏，甚至不同民族的政权遵守、延续，汇聚成一条二十四史的浩瀚长河，没有人强迫，全靠自觉，却前仆后继，没有一个朝代爽约①，尽管它们曾经为敌（比如明与元、清与明），但这并不妨碍它们在历史的尺度下统一思想、统一意志，这不是信仰是什么②？

　　我在《故宫的书法风流》一书中讲到欧阳修《新五代史》与薛居正《旧五代史》的区别。以《冯道传》为例，冯道是五代时人，比杨凝式小 9 岁，与杨凝式的经历差不多，历仕后唐、后晋、后汉、后周四朝，期间还向辽太宗称臣，号称五代宰相。每逢山河巨变，他都隐藏在幕后，静观时局变幻，等尘埃落定，他就出山，为新皇帝收拾旧山河。在私德上，冯道几乎无可挑剔，比如在后唐李存勖时期，手下把抢来的美女送给他，他一律不收，退不回去的，就另找一间房屋养起来，待找到她们的家人后再一一送还。他丧父还乡，正逢饥馑，他倾尽家财救民，地方官送礼，他也一律不收。城头变幻大王旗，冯道成了不倒翁，在乱世中活了 73 岁。他自鸣得意，写一篇《长乐老自叙》，宣

①有些朝代时间过短，因而编纂前朝历史的使命顺延到下一王朝。
②祝勇：《故宫六百年》，第 171 ~ 172 页，北京：人民文学出版社，2020 年版。

称自己是"长乐老"。《旧五代史》夸羡他："道之履行，郁有古人之风；道之宇量，深得大臣之礼。"

到了欧阳修笔下，就不那么客气了。在欧阳修看来，冯道的长寿与"长乐"，不是他的光荣，相反是他的耻辱。因为他心里没有道，没有义，没有忠，没有节，换用今天的话说，就是没有底线，不论谁执政，有奶便是娘，是不折不扣的实用主义者，与宋朝士大夫高悬的理想主义旗帜背道而驰。私德之美，遮掩不了他的公德之失。所以欧阳修说："予读冯道《长乐老自叙》，见其自述以为荣，其可谓无廉耻者矣，则天下国家可从而知也。"寿则多辱，冯道一人仕五朝，那就是辱的极致，这样活着，还不如死了痛快。

将知识分子的价值追求注入历史书写，这是中国史学的强大传统，所谓"孔子成《春秋》而乱臣贼子惧"。为公众服务的公共史学，不但不能例外，而且由于公共史学非比寻常的社会影响力，它更应担负起构建集体记忆、完善社会道德价值体系的责任，使历史成为一种通识，甚至成为一种信仰。

我写《故宫六百年》，不仅仅是为了向读者灌输有关故宫的历史文化知识，而是把中国人特有的价值观贯穿其中。我戴着工作牌从故宫走过，时常有游客问我：甄嬛住哪儿？小燕子住哪儿？故宫里真的有慈宁宫，真的有延禧宫吗？对于故宫（紫禁城）所代表的中华优秀传统文化的内涵与价值却漠不关心。为此，《故宫六百年》就不应当为满足观众（读者）猎奇欲望而写，不能让观众（读者）只停留在"知"的层面上，而要上升为"识"，甚至建立起某种信念、信仰。于是，在《故宫六百年》里，我写了朱棣的冷血、宣德的荒谬、雍正的诡诈、慈禧的挣扎，也写了张敏的忠诚、弘治的宽容、李东阳的坚守、陈梦雷的意志。我在此书的后记里说："四大文明古国中，唯有中华文明未曾断流，其中的原因，须从文明的内部去找。

祝勇笔记本《古物之美》书影，北京：人民文学出版社，2020年版，邝芮摄毋庸置疑，在我们的世界里，有罪孽与坠落，但也有拯救与飞升，就像这辉煌浩大的故宫，无数次几乎被摧毁，又无数次地涅槃重生。中国人能穿越黑暗与血腥活到今天，中国历史没有中断在某一个黑暗的时刻，不是因为这黑暗太强大，而是因为我们文明中的正面价值比这黑暗更加强大，这些正面价值包括：隐忍、宽容、牺牲、仁爱，儒家所说的仁、义、礼、智、信，道家所说的上善若水、道法自然等，几乎包含了我们文明正面价值的所有内涵。与充满经营算计的王朝政治相比，文化具有更强的整合力。"①

我们今天书写历史，不可能完全遵循古人的立场。进入现代的中国，经历了五四运动和新文化运动的洗礼，对旧有的文明进行了再造，融铸成一种具有现代性的新文明，历史学也从传统史学中脱胎出来，形成一种新史学。陈寅恪先生一句"独立之精神，自由之思想"，勾勒出现代知识分子的人格追求，也为我们今天述史提供了新的动力资源。儒家传统中"富贵不能淫，贫贱不能移，威武不能屈"的道德追求，与现代知识分子的人格精神是可以打通的。

①祝勇：《故宫六百年》，第 680 ～ 681 页，北京：人民文学出版社，2020 年版。

就我个人而言，不仅陈寅恪先生《柳如是别传》这类史学著作产生了重大影响，连叙述陈寅恪先生学术生涯的《陈寅恪的最后二十年》，也对我产生了重大的影响，激励我把这种"独立之精神，自由之思想"贯注到自己的研究与著述中。这样的公共史学的著作，才能述往事，知来者，启民智，全人格，使公共史学著作不只成为畅销之书，更成为启蒙之书、精神之书、信仰之书。

五　公共史学的叙述方式

公共史学与学院派史学的区别，不只在于它们的宗旨、服务对象有异，在叙述方式上更是大相径庭。以公众为对象的史学著作其实是跨学科的产物，它至少借鉴了某些文学、戏剧的手段，使得这些著作更有阅读的快感，对公众来说更有吸引力。

在西方，公共史学与学院派史学的界线越来越模糊了，比如美国历史学家、汉学家，被称为"美国汉学三杰"之

一的魏斐德先生，他的史学力作《洪业——清朝开国史》
（*The Great Enterprise*），开篇没有"导论"，不见"概述"，
而是从明朝边塞将领砍下百姓的人头冒充敌人的头颅交给
朝廷这一戏剧性场面开始的，它不像是一部史学著作的开
头，而更像是一部历史大片的开场。

同样被列入"美国汉学三杰"的史景迁先生，以独特
的视角观察中国历史，以非凡的"讲故事"的能力展现他
观察与研究的结果，曾有学者把史景迁的历史叙述称为"历
史侦探学"，史景迁先生也被称为"历史学家中的侦探"。
15 年前，我在美国加利福尼亚州大学伯克利分校做访问学
者时，在魏斐德教授的追思会上，曾与史景迁先生有过短
暂交谈。令史景迁这类史学家困惑的是，中国的史书编纂
总是显得大而无当。相比之下，他的史学名著《王氏之死》
（*The Death of Woman Wang*），虽然只是依据《郯城县志》
和其他几个地方的方志去重构有清一代地方社会的生活图
景，却如侦探一般层层剥笋，如小说一般丝丝入扣。王氏"穿
着软底红棉鞋，躺在被白雪覆盖的林间空地上，越过她的
身体，我们才进入真正的乡村世界，走进我们先人的苦难
和梦幻之中"。该书译者李孝悌在《代译序》中写道：

　　我们有大量关于中国近代区域和地方社会的研究，在看完了一串串真实的数字、图表统计和长篇累牍的征引文字后，却依然对被研究的社会、人民一无所知。史景迁教授使用的资料，看似简单、平常，但通过他奇幻的叙事和文字，郯城这个三百多年前中国北方的一所穷苦的聚落，却以那样鲜明强烈的形象逼近眼前，久久挥拭不去。一直到现在，我还清楚地记得，1668年的那场地震，如何极具象征性地将我们带进郯城的历史。通过一幅幅鲜明的图像和具体的描述，我们才真正进入我们曾经靠着抽象的概念徘徊其外的乡村世界，真正走进这些人的生活和他们的苦难与梦幻之中。

　　这样的叙述方式会产生神奇的力量，可以让不爱历史的人爱上历史，甚至让不爱历史的人成为历史写作者，比如张宏杰。张宏杰说："伟大的学者们讲述历史的声音听起来那样富于磁性。比如《草原帝国》那富于气势的序言和《万历十五年》那洋洋洒洒的开头。这种优美而有吸引力的叙述在一瞬间就改变了我对历史的印象。这些书不仅引起了我对历史的兴趣，甚至决定了我一生的走向。历史是有魅力的，甚至可以让原本讨厌历史的人，变成历史作家。"①

这样的叙述方式对我产生了巨大的影响。我写《辛亥年》（《最后的皇朝》），写一个王朝在最后时刻的困顿与挣扎，这样一个宏大主题，却是从一个无比微观的事件开始的，那就是一个普通人的神秘死亡。事发于 1911 年年初，大年三十，在北京的胡同里，一个人不声不响地死了，没有人知道他的死因，然后，另一个人死了，接踵而至的死亡事件，使北京的市民们人心惶惶，也让帝国的统治者乱了方寸。这不是我编造的离奇场面，而是出自真实的史料，连每一个当事人都有名有姓（当然是真实的姓名），只不过我使用这些材料的方式变了，使它更像一部小说，或者，一部电影。

公共史学不仅与学院派史学的界线越来越模糊，与文学也越来越靠近。公共史学越来越显示出跨学科的特点。

---

① 张宏杰：《尊重大众的读史需求——我对通俗史学的理解》，原载《中国公共史学集刊》，第一集，第 117 ~ 118 页，北京：中国社会科学出版社，2018 年版。

比如近年来方兴未艾的历史非虚构写作，与公共史学渐渐融为一体了。历史学借鉴了文学，文学也走向历史学，以至于一部历史专著，不知该放在书店、图书馆的历史类书架上，还是放在文学类书架上。连我自己，也说不清像《故宫六百年》这类著作，该算史学著作，还是该算作文学作品，或者二者皆可吧。

将史学文学化，关键在于历史真相的探寻中，融入了人性化的视角。史学的目的是求真，是追寻事实的真相，梳理不同事件之间的脉络关系，而文学的责任是关注人——早在19世纪，法国著名的哲学家、史学家和文艺理论家、《艺术哲学》作者丹纳（一译泰纳）就在英文版《英国文学史》的序言中一针见血地指出，"文学是人学"（literature, it is the study of man）[1]。而公共史学，在努力还原真相的同时，还把目光投向历史的当事人，对他们抱以"理解之同情"。史学著作也因此而不再是冰冷的文献堆砌，是鸡零狗碎的史实罗列，而愈发有了人的温度，闪耀出人性的光芒。这类史学著作之所以能够拉近与读者的距离，令读者感动，

---

[1] 关于"文学是人学"提法的由来，详见杨键：《钱谷融的"文学是人学"最初出自何人之口？》，原载澎湃新闻官方账号，2019年1月8日。

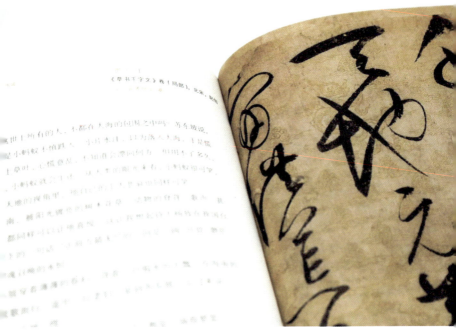

祝勇《故宫的书法风流》书影，右页为辽宁省博物馆藏赵佶《草书千字文》，
北京：人民文学出版社，2022年版

原因就在这里。

比如我在《故宫六百年》里写到慈禧，我试图从 1924
年清室善后委员会从景阳宫发现的几百张慈禧照片，以及
大量的清宫档案出发，一步步探寻慈禧的内心世界，比如
慈禧为什么发起了洋务运动，又扑灭了戊戌变法，最后又
推行新政？对于她政治生涯中的反复、对晚清历史的起落，

我们的解读过于简单化,甚至脸谱化,而少了历史的真实感。我们对慈禧的判断,在很大程度上被康有为于日本早稻田写下的个人回忆录《康南海自编年谱》忽悠了。所以我想秉持人性的眼光,对她内心的脉络进行一番重新审视和梳理,读者可以不同意我的观点,但应当认同这种重新的审视和梳理。

在大历史视野下进行细节化的微观叙事,也是史学从文学那里得到的启示。一个细节,有时胜过千言万语,能够穿透人心,但中国古代史书又是重事件而轻细节的,所以在我们的史学著作中,细节又是最难找的,需要无比的耐心,去大海捞针。

我曾经在《故宫答客问》里举过一个小例子:在一座不开放的宫殿里,意外发现了末代皇帝溥仪的作业本。我的同事曾帮我找到过嘉庆的作业,内容还是四书五经,到溥仪时,已经是物理化学了。但溥仪在作业本的边上写下这样一句话:"姓溥的都该杀。"其实溥仪不姓溥,姓爱新觉罗,后来简化了,比如溥仪晚年,人们都称他为"老溥"。还有启功先生,也姓爱新觉罗,是雍正皇帝的第九代孙，但人们都尊称他为"启先生"，没人称"爱先生"。溥仪这句话应该是写于 20 世纪 20 年代，溥仪退位十多年后、出宫之前。那时的他，应该到了读中学的年龄吧。溥仪为什么要写这句话？它反映了少年溥仪什么样的内心世界？这就是历史留给我们的线索，我们要循着这些蛛丝马迹，将历史一点点复原。

六　一个简单的小结

艺术创作追求真、善、美，学术研究未必不是如此——公共史学的学术操守，就是求真；公共史学的价值追求，就是求善；公共史学的话语体系，就是求美。公共史学，就是真、善、美的统一。唯有如此，历史学才能臻于完善，达到它的理想境，如姜萌所说："只有将创造知识的专深研究和将知识转化为常识、智慧及其传播应用较好地结合起来的学术形态，才是较为健康的学术形态。"[1]相比

---

[1] 姜萌：《通俗史学、大众史学和公共史学》，原载《史学理论研究》，2010 年第 4 期。

之下，我们的学院派史学更偏重于求真，即挖掘新的文献史料，探求历史的真相，而忽略了求善，更不屑于求美，这不能说不是历史学的缺失与遗憾。

近些年来，公共史学著作引发了民众的读史热潮，使得历史学与公众形成良好的互动，本身已经证明了公共史学的探索已经取得了积极的成果，证明了公共史学的独特优势和它在未来的潜力。这也是一种筚路蓝缕，不仅应当得到学者们的认可与尊重，更应成为历史学界的共识，成为中国史学的一种自觉的追求。

原载《故宫学刊》，第 23 辑，北京：故宫出版社，2022 年版

源流与边界

关于历史非虚构写作的三人谈

故宫内金水桥，朱楷摄

　　历史非虚构写作在国外有脉络分明的谱系，中国史学亦有自《史记》开创的伟大叙事传统。"历史"与"非虚构"、与"写作"都有天然的"亲缘"关系：历史本来就应该是非虚构的；关于历史与写作的关系，海登·怀特的话说得很好：历史学没有专门的技术性术语，它以"日常有教养的语言为工具"，这意味着人们要求历史著作的文采和可读性并不过分。

　　读过《最长的一天》（*The Longest Day*）的读者，都会对科尼利厄斯·瑞恩的如椽大笔留下深刻印象：他对诺曼底登陆日做了立体、全彩的勾勒，读之如身临其境，看得见曳光弹划过天际，闻得到皮肉被子弹烧焦的味道，战场上的普通一兵、双方统帅各有各的选择，各有各的挣扎。一本书对战争的经过有细致入微的勾勒，对人性亦有深入幽微处的洞察。这是我们理想中的历史非虚构写作的范本。

这样的作品还可以罗列很多，像阿列克谢耶维奇的作品，像卜正民的作品、史景迁的作品，但样本俱在并不等于历史非虚构写作在今天的中国学术界、出版界已经是一个不言自明的概念。2021 年的"鸣沙史学嘉年华"活动，我们拟邀请学者、出版人、写作者一起盘点"历史非虚构写作"的来龙去脉、内涵与外延。

"非虚构写作"的提法，在国内已流传有年，然而迄今仍无一个明确的概念和界限，由此导致人们常以表面现象，如是否有史料引文、是否有注释、是否有参考文献研判之，并将其与严肃的学术研究混淆。一些在国外属于"历史非虚构写作"的作品，其中译本在国内摇身一变成为"学术专著"；一些本土的作品，从内容到形式都应属于"历史非虚构写作"，然而由于作者学院派的出身，也被归入"学术专著"类中。

目前由于作者、规范、市场等各方面的不成熟，"历史非虚构写作"虽在学界有勃兴之势，但也引起了不小的争议。最根本的问题在于两点。从写作者的角度讲，一个优秀的学术研究，必须解决一个值得被解决的问题，而以"历史非虚构写作"的方式，是绝对无法达成这一目标的；从阅读者的角度讲，没有接受过历史学专业严格训练的读者，其实是没有能力判断一种观点是否正确的（否则我们花至少十年的时间才培养一名学科博士，就毫无意义）。

由此我们将要探讨：哪些内容属于"历史非虚构写作"？什么样的题目适合"历史非虚构写作"？大众通俗读物和栏目（如"百家讲坛"等）是不是等于"历史非虚构写作"？"历史非虚构写作"是否需要达到"研究级别"？其对作者的身份有无要求？是否应有特定针对的读者群？怎么样来判定它是原创、"洗稿"还是抄袭？学者们即使愿意，在如今的科研考评体制下，是否还有余力投入"非虚构写作"之中？"鸣沙史学嘉年华"希望通过搭建平台，鼓励开放与争鸣，将更多对此问题感兴趣的朋友，引入讨论之中。

陈肖寒：各位读者，大家晚上好！欢迎来到北京红楼公共藏书馆，今天的活动是由社会科学文献出版社历史学分社和中国人民大学《中国公共史学集刊》联合举办的历史的"非虚构写作——2021 年鸣沙史学嘉年华"。我们的活动一共三场，今天是第一场，今天晚上的主题是"源流与边界：历史非虚构写作的理论维度"。

我先介绍一下参加活动的几位老师，按年龄，首先是王笛老师。王笛老师现在是澳门大学历史系的教授。澳门大学全校一共 20 位讲席教授，王老师是其中的一位。第二位是来自中国人民大学历史学院的杨念群老师。大家对杨老师都很熟悉了，在座的很多都是学生，我想很多人和我一样，从很久之前就开始关注杨老师的研究，久到似乎从来没有关注过他一样。和我年纪差不多的人是从《再造"病人"》那个时候开始，那时候我刚上本科。年纪再大一点儿的，可能就是《中层理论》，那已经是 20 年前了。

第三位老师是故宫博物院故宫文化传播研究所的所长祝勇老师。文化传播是非常艰巨的任务，也非常有意义，所以祝老师身上的担子是很重的。我和故宫文物最亲密的一次接触，大概是 6 年前，我在故宫里面看到了戊戌变法时候康有为的两本书，一本是《日本变政考》，一本是《俄彼得变政记》。我看到了这两本书进呈本的原件，所谓"进呈本"，是给皇帝看的书。光绪皇帝拿在手上翻过的书，你再去翻是完全不一样的。清朝档案这一类，像奏折、题本是划入中国第一历史档案馆收藏的，书这一类作为文物就留在了故宫里。从西华门进去往北走，先是经过卫戍部队宿舍，再往北到中国第一历史档案馆，再往北，走到西北角楼中间那一排房子，那一次是在那儿，我看到了两本书的进呈本。当时要戴上白手套，屋里四个角上还有摄像头，有个工作人员站在你背后，也戴着白手套，他也不打扰你，但是全程几个小时站在你后面，可能怕你突然做出一些不好的事情。那是我跟故宫文物最亲密的一次接触。

回到今天的主题，因为我们是三场活动连在一起，所以我会稍微用一点儿时间，对三场活动做一个总的概括。

我们这一届主题是"历史的非虚构写作"，什么是历史非虚构写作，我也不懂。这个概念最近几年确实在中国比较流行，比较火，好像人人都在讲这个名词。

历史难道还有虚构的吗？历史不就是非虚构的吗？所以我也不明白这个东西到底是什么情况。我想现在历史的非虚构写作，它的概念、理论、原则、受众，写作的人，还有它和严肃学术著作的区别,和纪实文学的区别是什么,等等,各个方面都不太成熟,所以可能历史非虚构写作在中国还处于比较尴尬的地位。按我自己的话说,就像古典音乐里的理查德·施特劳斯,比严肃性,他不如另一个理查德,我指的是理查德·瓦格纳,写四联剧《尼伯龙根的指环》的那位;按通俗性,他不如另一个施特劳斯,我指的是约翰·施特劳斯,写《蓝色多瑙河》的那位。我不太了解现在的情况,但是在比较早以前,我们评价一本学术书,说这本书"写作技巧高超",这是一个贬义词。它在暗示这本书可能学术水平不足,但是作者巧妙地通过写作上的一些技巧,把本来的一些缺陷掩盖住、弥缝上了,所以带有贬义色彩。但是,这也是我们今天来到这里的原因,就是因为我们什么都不清楚,所以这个问题才有讨论的必要;如果所有问题都明白了,我们也就没有必要再做这样一场活动了。

我们这个活动公告发出以后,确实也遭到了很多人的质疑,有些学者是赞成这个命题的,有的人比较反对;甚至一些知名学者,用比较激烈的或者对抗性的语言来反驳这件事。我知道今天在座的很多人就是学生,这些反对的人里面，可能将来有你们的导师，有你们的班主任，有你们投稿发表时的匿名评审专家，有你们答辩时学会委员会的委员，有你们找工作时的面试官，都有可能。

他们讲的一些问题，有一些确实存在，这是我们无法回避的。比如说历史非虚构写作的成本，远远低于一本严谨的、需要多少年磨一剑的学术著作，这是肯定的。现在很多人写书的速度已经超过了我们读书的速度，或者说超过了我们编书的速度。我们编辑一本书还没编完，他们两本书已经写出来了。但是我想用最严肃的态度来强调一点。历史的非虚构写作是否存在，或者说什么是历史的非虚构写作，这是一个学术问题；我们如何看待历史的非虚构写作，是一个哲学问题。它关系到我们的价值观，关系到我们如何看待世界。

本质上说，就是我们是否认为这个社会应该是一个多元、开放、包容的社会。什么叫一元的社会？我有我的观点，你有你的观点，你的观点是错的，我的观点是对的，所以这个世界上只能存在我认为正确的观点，就是我的观点。你的观点不应该存在，应该被消灭，这是一元价值观。

什么叫多元的社会？你有你的观点，我有我的观点，你讲你的理由，我讲我的理由。我不同意你的观点，但是我认为你的观点应该和我的观点并行存在。什么叫学术的进步？学术的进步不是一种观点取代另一种观点，而是从唯一的观点变成多种观点并行。我非常需要，而且很严肃强调的就是我们看待历史的非虚构写作的态度。

下面我把时间交给三位嘉宾。因为我们原来上学的时候作报告发言，都是按年龄来排序，所以我们先请王笛老师。

王笛： 参加这类活动感觉自己老了，因为按照年龄来排讲话秩序，最先讲话，就是在这里年纪最长，有快退出历史舞台的感觉。今天的主题是讲历史非虚构的写作，其实讲到这个问题的时候，刚才肖寒提到，实际上在中国的史学界，有一些是我们的朋友，对是否应该提倡历史非虚构写作或者是非虚构历史写作，存在不同的意见。我觉得有不同的看法和争论，是一个正常的现象，我们在这个问题上还没有达成共识，还需要我们这样的对话来进一步讨论什么是历史的非虚构。

　　既然叫我先讲，我就谈谈我对非虚构历史写作（或者说历史非虚构写作）的看法。我们首先要弄清楚虚构和非虚构。其实我们如果不加"历史"这个定语，按道理说大家是有基本的共识的，无论是在西方还是在中国，虚构就是我们经常说的小说、文学创作等，而非虚构的内容不是我们头脑中所创造的东西，我们所说的、所引用的、所呈现的东西应该都是有依据的。对于历史非虚构的写作，大家有不同的看法，这是正常的。在我的概念中，我觉得历史的非虚构，就不该有任何虚构的东西。如果我们把自己的历史写作定义为历史的非虚构，我认为里面所有的东西都必须要有根据，这个根据可能是历史资料，可能是档案，可能是你的社会调查，也可能是你亲身的经历。

　　现在我们说虚构、非虚构的概念，应该是从美国开始的，我们可以追溯到 20 世纪 60 年代。其实如果我们仔细阅读美国所出版的历史非虚构，像社科文献的甲骨文系列的历史非虚构，都是有注释的，有资料来源的。那些美国普利策奖的获奖书或者是《纽约时报》畅销榜上的书，后面的注释非常详细。在每一件事实上，都不能臆造。所以好多这样的著作是经过了长期的努力的，刚才我听肖寒说，非虚构投入的时间相对较短，我倒不同意，其实好多非虚构写作经过了非常长的时间和艰苦的努力。

比如说最近几年翻译出版的《美国监狱》，作者为了揭露美国监狱的诸多黑幕，进入到美国的监狱，进行卧底考察，记下了他所看到的和深入调查的一切。另外还有《美国陷阱》，讲的是一位法国某公司的高管，因为公司的商业活动与美国的有关规定相冲突，被美国中央情报局抓捕，他把自己在监狱里的经历、为自己获得自由所做的艰苦努力，进行了非常精彩的描述。还有一本《坏血》，揭露美国一位美女企业家，宣称发明了一种检查仪器，通过一滴血，便可以查到过去复杂的验血结果。结果她机器造不出来，就开始造假。《华尔街日报》的调查记者经过长时间的追踪，记者本人就成了揭露这个丑闻的一部分。从这本书，写非虚构几乎都是有批判精神的，调查十分辛苦，有的甚至要冒着生命危险。

杂志、报纸和出版社对这些非虚构的事实核查也是非常认真的，经常是要作者提供调查记录，采访了谁，在哪一天，谁说了什么话，都是要有根据的，甚至打电话给调查的对象。也就是说，既然是非虚构，就不允许有任何的虚构。

　　刚才肖寒提到我们的同行担心提倡历史的非虚构写作有可能会造成误解，怕被人认为既然有非虚构历史写作，那就有可能有虚构的历史写作。但是我认为不必为此担心。不可否认，当然有虚构的历史写作，是指利用历史题材进行文学的创作，可以任意发挥，像《康熙大帝》《雍正大帝》等小说以及由此产生的非常红火的电视剧，是以历史作为题材。我们那位同行说，恐怕史景迁、卜正明可能不会认可他们被贴上非虚构的标签。其实我的那位朋友说错了，在美国，所有的历史著作，如果要参加评奖的话，都会被划入非虚构的范畴，只是我们历史没有进入到大众阅读的视野。大多数的严肃历史写作，虽然属于非虚构，但是不会进入到大众视野中被关注。史景迁的《寻找现代中国》（*Search For Modern China*）出版之后，便居《纽约时报》非虚构畅销书榜上很长一段时间。卜正明的《维米尔的帽子》被划为非虚构，完全是没有问题的。他们绝不会因为其著作被人称为非虚构而被认为降低了身段。

陈肖寒：谢谢王老师。虚构或者非虚构，我觉得现在国内作品最主要的一个问题是写的话都不假，写的都是事实发生的事情，但是同时真话也不说。这是更需要解决的一个问题。

下面我们再请杨念群老师谈一谈他的高见，有请。

杨念群："历史的非虚构写作"这个话题非常有意思，实际上在这场活动开始之前，广告一打出来就已经出现很大争议，有学者质疑"历史的非虚构写作"这个概念是否能够成立。其主要观点认为所谓的"非虚构"（non-fiction）不过是挑战传统的虚构（fiction）作品的一种说法，均只能限于文学创作的一个门类，无论"虚构"还是"非虚构"都只是文学表达的专利，历史学不应接盘这个概念，也就是不承认历史可以用非虚构的方式来加以叙述，因为历史写作本来就不存在"虚构"的问题，谈"非虚构"就是多余。历史学家不应该陷入这个"泥潭"里，认同"非虚构"的写作方法。

同时也有朋友反驳说，"非虚构"指的是根据作为表

象的事实（约等同于事件）所进行的写作，自然就应该包
含历史写作，虽然"非虚构"对应的是"虚构"，如某些
文学作品，但实际上却被看作是介于历史写作与文学创作
之间的领域或种类。其长处在于根据有限的证据和合理的
推论重构历史，短处是因史无载述，无法证实，反过来说
也无法证伪。

　　我个人认为，"非虚构"这个概念不应成为文学创作
的专利，也不应用"虚构"还是"非虚构"来严格区分历
史和文学的边界，"非虚构"写作恰恰应该成为历史学家
和文学家共享的概念，实际上历史学家也应该有资格分享
所谓非虚构方法。我不知道在场的王笛兄、祝勇兄是不是
有同样的感觉。

　　这位学者朋友之所以对"历史的非虚构写作"提出挑
战也许源自一个担心，就是这样的写作方式把历史学家的
学术含量降低了，变成了文学叙事，有跟小说家们的创作
混淆在一起的危险，我觉得大可不必有此焦虑。

　　为什么我们要把历史的非虚构写作作为我们的讨论话

题？说白了我觉得这个世界上可能有两种人，就历史写作
而言，写作尝试采取非虚构的方式的那些人往往是那些当
年怀抱文学青年情怀的历史学家。在越来越专门化的写作
程式规训之下，他的文学情怀得不到释放，他们感到不甘
心，所以才用非虚构写作的手段表达他曾拥有的文学梦。
还有一种人本身就有小说写作的才华，但是他步入历史研
究行列之后，也希望自身的写作具备历史学家的严谨，所
以他需要通过对具体史实的搜集和考证来增加其文学叙述
的说服力。我们知道现在许多历史学的论文是难以卒读的，
非常无趣枯燥，很像闭塞在某个场域之内的小众游戏，游
戏的进行只是出于学术职业积累的需要，但是从阅读的愉
悦感来说却是非常糟糕的一种体验，所以一些人就要改变
这种现状，希望用一种流畅优美的叙事把历史从枯燥无趣
的状态中拯救出来，这可能是我们提倡非虚构写作的初衷
和动因，这是非常值得赞许的。

　　现在的史学界由于过度强调学术规范而严重削弱了历
史研究本应具有的人文性，以至于只要文章的文笔写得很
优美，历史叙述得很有个性反而变成了一种罪过，一个流
行的批评理由就是这种写作太具文学色彩，这种导向造成

所有符合学术规范的论文都非常难以卒读，其实从根本上来说就是因为缺乏"非虚构"叙述方法的自觉。我们为什么不能把两者结合起来呢？为什么我们不能分享一下文学写作叙事的技巧和优美的阅读愉悦感受呢？中国古代从来都是文史哲不分家，所有传世的文章一定是带有优美的叙述节奏感的，传统的历史文字同样也会表达得雅致好看，所以有人说司马迁的《史记》就是非常杰出的历史非虚构写作范本，当然现在没有人能写出《史记》，因为我们很大程度上被现代学术规范所宰制和规训，越来越失去了写作的自由。

当然我这样说并不是要否定当代学术论文写作规范的正确性或者想动摇其正统地位，我想表达的意思是在历史写作的形式上可能需要另辟蹊径，在过度受到现代社会科学宰制的论文写作模式之外寻求另一种书写方式，这就是我们倡导历史非虚构写作的初衷。不知道大家是否同意我的观点，历史学家和文学家同样可以分享不同叙事风格带来的优美感和愉悦感，这是我的第一个观点。

第二个观点是围绕着"历史的非虚构写作"这个词所

出现的争论，我觉得与后现代理论的兴起有很大的关系。我们知道后现代理论最惹人争议的看法就是历史根本没有客观性，历史都是由某个利益群体的主观叙述方式加以决定的，历史演变没有规律，只是偶然发生的事件之间的片段集合，历史发展也是没有未来的、无目的的，不应受到因果律的制约。如果大家懂得一点儿后现代的常识，就知道如果历史叙述一旦受主观性支配，就等于颠覆了正统叙事，如果换成另外一个说法，就是文学跟历史之间没有界限。文学就是历史，历史也就是文学，当然我个人是不大同意把历史本身绝对化为主观性叙事的，但"历史的非虚构写作"的确在后现代思潮的启发之下具备了一定合理性。

另有一种说法是历史叙述与文学表述之间极其相似，都是遵循所谓的情节设置规则，比如历史与文学叙述中都包含事件、人物和情节等要素。后现代理论坚持说历史既然是由主观选择记录下来，那么其叙事的逻辑和方式与文学创作自然难以区别开来，历史和文学都不过是对某种生活场景的还原和描写，都同样需要作者发挥想象力。我们在此不想对后现代理论发表评论，因为历史写作与文学叙述之间到底有没有界限，历史与文学之间的关系是什么，根本不可能用几句话说清楚，学界可以写无数本书去阐述这个问题。

我的感觉是历史事实既然包含着主观书写的成分，那就当然可以借助文学的叙事加以表达，这是"历史的非虚构写作"追求的重要目标，我们要把历史写得好看，读起来感到身心愉悦，那就必须借助文学叙事的技巧，否则不可能达到这个效果。

刚才王笛兄也提到了历史与文学叙述是否存在边界的问题，两者的叙述界线到底应该设在何处？当我们按照后现代逻辑无限延伸叙事边界、展开自我想象的时候，恐怕历史和文学的界线就完全消失了，但历史学毕竟是有其自身规范的，不可能与文学叙事毫无区别。刚才王笛老师已经说得非常明确，我们搞任何历史创作，哪怕文笔叙述得再优美，故事讲得再生动，也必须做到有根有据，而且这个根据一定是从坚实的史料搜证中获取的。文学写作可以天马行空，发挥主观的无限想象，作家允许编造任何主观设置的情节，但是历史写作是一定要有史实根据的。这就是史学叙述与文学创作根本区别之所在。

我举两个例子，史景迁写作的第一本所谓的历史非虚构类作品是《康熙自画像》，这本书完全突破了历史传统写作必须采取第三人称的叙述方式，康熙皇帝居然以第一人称出场并展开所有叙事，看上去好像是康熙皇帝的一本自传。这本书的整体叙述风格是"我……怎么样"，好像所有的故事都是从康熙皇帝一个人的嘴里讲出来，这完全是文学写法。从常识角度看，大家肯定会质疑，史景迁怎么知道康熙皇帝说出来的那些事情是真实发生过的呢？你一个现代人怎么可能与康熙皇帝感同身受达到共情呢？因为我们知道，一般而言，只有采用第三人称的观察视角才能达到某种客观性，因为作为历史的观察者，通过第三方视角才能把历史人物给对象化。如果你假想自己幻化成了康熙皇帝，那就是一种纯粹的文学想象，只有小说家才敢做出尝试，可是史景迁却敢于这样写。

那么，这部书难道还能被称为历史著作吗？在我看来，这部书仍然是一本历史著作，因为康熙帝以第一人称说出的每句话都是有历史根据的，史景迁只是换了一种讲述方式，他用"我"来叙述真实可靠的历史故事，因为康熙帝的每句话和每一次行动都有史料文献出处，都是史景迁从大量档案、文献里查找出来的，有确凿的历史依据。

第二个例子，历史可不可以用不同的叙述结构来加以表达？在此我想举我旁边王笛老师的著作《袍哥》做一点儿说明。《袍哥》这本书是一种典型的双线叙事模式，王笛主要利用了当时一篇燕京大学调查袍哥的毕业论文，他用这篇论文作为基本材料重构历史场景，同时王笛又是另外一位历史叙述者，他通过追踪燕大论文作者的现状展开另一条故事线索，两条线索相互呼应补充，构成了一种双重叙事逻辑。王笛作为《袍哥》著者与燕大论文作者沈宝媛的叙述形成了一种有趣的对话关系，这是在传统历史写作里难以找到的一种书写形式，这种对话关系破坏了历史客观主义的写作原则，已经包含了所谓非虚构写作的元素，读起来有一种愉悦感受，这样的历史作品我是很愿意去阅读的。它不是一般那种板着面孔说话的学术论著，它有很严谨的史料做支撑，但叙述却具有较强的主观色彩，有比较浓厚的文学性，符合"历史的非虚构写作"要求。这就是历史和文学一起共享"非虚构"叙事资源的一个典型例子，史料根据是严谨的，但是写作风格可能带有一定的想象成分。

这本书如果用传统的文学和史学著作标准去衡量都无法准确定义，我个人认为我们没有必要争论"历史的非虚构写作"这个概念是否成立的问题，我们就拿作品说话，所有属于"历史的非虚构写作"的作品都是建立在严谨的史料甄别基础之上的，同时又具备独特的叙事框架和优美的写作风格。

陈肖寒：谢谢杨老师精彩的分享。来参加社科文献的活动，居然不举《茶馆》，居然要说《袍哥》，哪怕你说《从计量、叙事到文本解读》也可以啊！杨老师讲到了一个本质问题，但是他没有把话说完，我替他接着说。是不是所有的历史题材都可以写得好看，都可以写成"历史的非虚构"这种很流畅的作品，变成一个故事讲出来？或者说，是不是所有的历史研究都适合这么做？你比如说，《茶馆》要是写得不好看，那不就完了吗？《蒙塔尤》要是写得不好看，那不完了吗？《王氏之死》要是写得不好看，那不就完了吗？但是反过来说，唐启华的书怎么办？他研究北洋修约，是针对很具体的问题，一个一个个案，通过读档案，通过读外交史料，一条一条做考证，一步一步在做这种工作。这种书有可能写得不枯燥吗？有没有可能让我们读者读起来居然和《袍哥》《茶馆》一样过瘾？这是一个历史研究题材的问题。是否所有的题材，所有历史的研究都适合这么做，或者说可以做成这个样子。这个也可以作为一会儿我们讨论的问题继续交流。

我们请第三位老师，来自故宫的祝勇老师演讲。祝老师一直在故宫做纪录片工作，他每天的工作令我非常羡慕，刚才说得我现在就想退休，一会儿你们可以问问他每天的工作都是什么。能拍纪录片、能做导演的人，我觉得他们的身体里都有这种艺术、美学的感觉。这种情感的注入，可能是要超过我们常年在大学里做老师、教书，常年沉浸在学术环境里的人的。所以我们听听祝老师的观点，有请。

祝勇： 谢谢社科文献出版社给我这样一个机会跟大家见面！今天聊的话题我特别感兴趣，有王笛、念群两位老兄、两位优秀的历史学家。最后一个发言有一个好处，就可以听听前面两位都讲了什么。刚才念群兄讲的几个问题还是挺激发我的想法的，比如刚才念群兄讲到历史的主观性、客观性的问题，我想谈谈自己的想法。在我看来，历史既不是主观的也不是客观的，而是主观和客观互相对话的结果。

对于历史的概念，历来众说不一。那么，什么是历史呢？不同时代的学者有着不同的回答，这方面的论著，也不一而足。简单地说，有学者强调历史的客观性，甚至主张以纯自然科学的眼光看待历史学，从而产生了实证主义历史学，孔德即持这种看法，这种实证主义历史学，对19世纪历史编纂学产生了巨大影响，推动了对历史记录的考订和历史材料的积累；有学者则强调历史的主观性，黑格尔甚至认为历史是"精神"发展和实现的一个过程，到克罗齐，更认为历史知识是思想的产物，它只存在于历史学家对它的思想认识之中。但在我看来，历史既不是客观的，也不是主观的，而是主观与客观的对话。因此，在所有对于什么是历史的定义中，我最认同的，是英国历史学家卡尔的一句话："历史是过去与现在之间永无止境的问答交流。"

简言之，历史是一种对话。谁在对话？卡尔说是过去与现在之间的对话，是"过去的事情"与当代人（具体体现为历史书写者）之间的交流。也就是说，历史不是"过去的事情"的总和。在世界上，并不存在一个自足的、完整的、原生态的、闭环式的、不需要他人介入、他人也无法介入的历史，像一头怪兽，在时间中默然运行，与任何（当代）人不发生关系。倘如此，历史就被孤立在我们的视线之外，没人知道历史的存在了，就成了一个无法打开的黑箱。我们所说的历史，一定是与（当代）人发生了关系的历史。

发生了什么样的关系呢？就是对话、交流的关系。历史不是"过去的事情"，而是"过去的事情"和"当代人"的对话，是客观（史实）与主观（立场）之间的对话，对话的结果就体现在当代人所写的历史著作中。历史不是黑箱，是因为有人存在，人的意识、语言、思维，可以在那黑箱之上撕开一个口子，窥视黑箱内部的状况，然后把它讲出来，更多的人也就知道了黑箱内部的状况，讲述者的视角，随即也成了大家的视角。于是我们得出一个结论：历史存在于话语中，存在于人的叙述中。

有一点就非常重要，是谁撕开这个口子？他在什么地方撕开这个口子？他所看到的历史景观一定不会是历史的全部，而是带有他的角度，而任何角度，都是有限制性的，不会有哪个人拥有全知视角。谁在说，怎么说，也就变得重要起来。历史的书写者，就是打开那个"黑箱"的人。

当然，言说的那个人，也会变成历史，他所说的话，就变成了文献，于是产生了文献主义历史学。文献主义历史学后来受到了挑战，因为考古学跟上来了，人们开始用地下的证据来验证地上的证据（即历代流传的文献），然后形成对历史的新的表述。但新的表述也是语言，历史始终存在于语言之中。

历史不是文献本身，那些零零散散的地下文物也不是历史，历史是在综合所有证据基础上形成的语言。所以在大学中，历史学与文献学、考古学是不同的学科。历史学是一门科学，文献学、考古学也是，但它们的目的、方法有所不同。历史学更具有综合性。

所以，历史其实是对话，是交流，是关系，而不是"过去的事情"的总和，不是一些固定的、"客观"的、封闭的、不可移动的"事实"。历史是现在的人和"过去的事情"之间的对话关系。而且,这样的"问答交流",是"永无止境的"。为什么"永无止境"呢?因为对话的人在变,江山代有才人出,一代人有一代人的问题,一代人有一代人的兴趣点,一代人有一代人的思维方式。对话的主体在变,对话的主题也自然会变。对话者不同了,产生的结果也必然不同。我们不妨从这个意义上去理解"一切历史都是当代史"。

这就孕育了一代一代的历史书写者,他们代表着他们的同时代人与"过去"对话,从而形成中国强大的述史传统,共同书写了一部"中国史学史"。自周代的孔子、汉代的司马迁,一直到今天在座的念群老师、王笛老师,从来不曾中断。只要人类存在,一代一代地繁衍,他们就要从他们的现实处境(语境)出发,去与"过去"对话。

如果历史仅仅等同于"过去的事情",那么,"过去的事情"已经被写过,前人都表达过了(比如二十四史),作为后人的我们再去书写,就成了重复劳动,变得无意义,形迹可疑。我想起一位历史学者做过一个惊人的总结:历史学的发展,恰恰在于历史学具有不稳定性和不确定性。

霍金在《时间简史》里有这样的发问："为什么我们总记得过去，而不是将来呢？"有人回答：这恰恰是因为"过去的事情"是不确定的，是"可变的"，历史书写则是一项永不止息的作业。当然这不等同于"历史虚无主义"，而是说历史学的发展总是建立在对之前的历史学的怀疑和批判之上，因此，历史学总是在进行着新陈代谢，并因这种新陈代谢而迸发出生生不息的活力。

因此，历史不是黑箱，而是一栋被不断重建的大厦，或者，一辆穿梭于古今之间的车，车上的零件不断更换，甚至外表都重新喷过漆，看上去不像原来那辆车了，但它还是原来那辆车，依然不知疲倦地奔走于古今之间。今天的历史学家所写的汉代历史不是《汉书》，今天的历史学家写的宋史不是二十四史里的《宋史》。两汉史不是《汉书》，宋史也不是《宋史》。当然，这些文献是我们今天书写历史的重要依据。

从这个意义上说，历史不是一个永远封闭的"黑箱"，而是有着敞开的机制，通过历史的述说者，向后人无限敞开。历史是一个开放的结构，欢迎一代又一代的述史者加入。他们之间的对话与交流，可以"永无止境"地进行下去。每一个时代的述史者，都会打上时代的烙印，每一位具体的述史者，也自当体现出鲜明的个性。

我认为历史的书写一定是多元的和有个性的，我甚至认为越是有个性的文本越有价值。当然，个性不是任性，不是标新立异，不是任意胡说甚至凭空捏造。我刚才说，历史学是一门科学，它的科学性体现在它对真相乃至真理的探求。所以历史学讲究"言之有据"，历史著作就是"有据之言"。这是历史学与文学的不同之处。但历史学与文学也有相同之处，我以为就是表达的个性。因为对话者（书写者）是不同的，他的视角不同，表述也一定不同。

对于历史学来说，所谓个性，体现在许多方面，比如认识历史的视角。王笛老师的《袍哥》《茶馆》，就体现出他观察历史的敏锐眼光。《袍哥》《茶馆》能成为历史学著作，对于很多读者来讲是不可想象的，甚至于对于历史学界也是不可想象的。题目本身就已经透射出写作者对历史的认知与思考，体现出写作者强烈的"问题意识"，所以《茶馆》对历史切入本身就体现出书写者的个性。

　　好像有点跑题了，但我以上所说的这些，与我们今天的主题——历史非虚构是有关联的。今天的读者为什么会喜欢优秀的历史非虚构的作品呢？原因之一，是历史非虚构作品对历史主题的表达是个性化的，而不是论文式的，不是八股式的，不是标准化的，而是从个性出发的，带有书写者鲜明个人色彩的。读者们希望看到的历史作品，不是千篇一律，而恰恰是差异性、独特性。这些个性化的言说并不是在互相打架、消解，而是活色生香，共建历史这座大厦。对历史的讲述越是个性化，越是多元，历史学的肌体就越是丰满。有学者说过，历史学越是单一、纯粹、清晰，越是危险。

　　既然历史是一场对话，那么书写者作为对话的一方，他的参与感就显得十分重要，不然，"过去的事情"就占据了话语霸权，历史书写的"当代性"就会缺席。我们今天的读者希望看到的不仅仅是"历史"本身（刚才说过，不存在一个纯客观的"历史"），而是当代人怎么去思考历史。因为思考历史，就是思考当下。

关于历史非虚构的个性，我只从书名，也就是历史的切入点这个角度进行了一点儿说明，其实历史非虚构的个性体现在许多方面，说起来话长，时间有限，在此省略了。总之，这种个性，体现的是历史书写者阐述历史时应当表现出的主体性。

我个人对历史非虚构的写作方式是十分认同的，这么多年，我也一直是在历史非虚构的路线上写作。我特别强调书写者的个性，以此表现历史书写的主体性。比如2011年，是辛亥革命100周年，我主创了一部10集纪录片《辛亥》（北京电视台播出），也出版了一部历史著作，叫《最后的皇朝》（原名《辛亥年》），收选在人民文学出版社"祝勇故宫系列"里。关于辛亥革命，史学界的论著、论文已有很多，那么，当我决定再写，用什么样的角度去阐释这场革命就显得至关重要。最终，我没有站在革命者的角度阐述这场革命，而是选择了清朝皇族，也就是被革命者的视角上，去看待这场革命。

中国几千年封建帝制，在1911年轰然瓦解了。1911年春节开始的时候，没有人想到这一年是清王朝的最后一年。辛亥革命之所以成功，离不开孙中山先生领导的一系列革命运动，但除此之外，我们还要去观察整个社会阶层的状况，更深入地观察中国历史的运行脉络。辛亥革命100周年之际，有关辛亥革命的电影、电视剧、纪录片有很多，但纪录片《辛亥》绝对是最有个性的一部，也因此超越了许多影视作品，获得了许多大奖。

陈肖寒：谢谢祝老师！祝老师讲的经验很宝贵，他相当于是从书斋式的学者圈外面往里面看。他也讲到了他的纪录片，从他的亲身经历讲他对历史的非虚构写作的体会。

我们这个活动不是一个讲座，也不是任何形式的授课，要教给大家什么东西，而是很开放的、很平等的沙龙式的东西。我们可以像聊天一样聊起来。针对前面三位老师讲的问题，每个人会有一些不同的想法，都可以提出来，像聊天一样想说什么就说什么。

我想请王笛老师带个头。因为祝老师和杨老师都提到了您的作品《袍哥》和《茶馆》。我印象最深的一句话，《茶馆》居然可以成为一本历史学作品，简直不可思议！

祝勇总编剧的 10 集纪录片《辛亥》（北京电视台 2011 年摄制）中的历史影像

祝勇：我讲的时候已经出了这本书了。

陈肖寒：挑战王老师历史学者还有他历史学著作的地位！

王笛：谢谢两位老师对我写作的推崇，《茶馆》和《袍哥》两本书出来以后得到了学术界和阅读界一定程度的认同。作为一个作者来讲，我觉得还是很值得高兴的事情，书就是要有人读，也是希望我们的读者，希望同行能对自己的作品有一个比较好的评价，这也说明多年的努力没有白费。

但是有一点我需要说明的，我在写作的时候完全是把它作为历史研究在做，一点儿都没考虑到非虚构的问题。今天再叫我来写同样的书，可能这个非虚构的概念会在我的头脑中不断出现，但是在我写《茶馆》的时候，我所提出的问题，要解决的问题，所根据的资料，等等，都是在历史研究的范围之内。

说实话，《茶馆》中文翻译本在社科文献出版社出版以后，好多社会学、传播学、建筑、城市建设等领域，也都在讨论这本书。有的书店甚至把《茶馆》放到社会学的门类，而不是放到历史学。在大众阅读方面，也取得了成功，这超过我原来的预想。那时候虽然并没有一个写非虚构的动机，但是我有个非常清晰的概念，就是要多学科地交叉，实际上《茶馆》受到了非常多的人类学、社会学的启发。《袍哥》的中文本是 2018 年出版的，那个时候"非虚构"这个词已经在中国很流行了。我写《袍哥》这本书的时候，还是把它作为历史学的著作。

但是在写《茶馆》和《袍哥》这两本书的时候，我始终有一个出发点，就是像念群刚才说的，不能把历史写成干巴巴的，我就希望我的学术研究能够跳出严肃的学术写作和严肃的学术语言，能够让我们的普通读者、大众阅读界也能喜欢这本书，因此在写作手法方面、生动的描述方面，都进行了一些探索和努力。

当然，在《袍哥》出版以后，我思考得比较多的问题，就是刚才念群也提到的历史和文学的关系，我非常赞同他刚才说的，历史和文学是分不开的。历史的非虚构写作，我的理解就是要让历史学家所写的著作或者作品，能够超出学术界同行的范围。要达到这个目的，就必须要把作品写得让一般的读者都喜欢读，那么，非虚构的写作手法就是非常好的途径。

刚才肖寒提到唐启华老师写中国外交史的著作，如他写的《巴黎和会与中国外交》，这种题材能不能写成非虚构？我的回答是可以的，其实就有同样题材的一本书叫《缔造和平：1919 巴黎和会及其开启的战后世界》，是历史学家玛格丽特·麦克米伦写的，非常精彩。这本书把在巴黎和会上，美英法意日等巨头在和会上的博弈，还包括中国在巴黎和会上各种的活动，写得就像小说一样，但是内容都是有根据的。当然也可以写成小说。上次我见到念群，念群就推荐了石黑一雄的《长日将尽》，也是讲第一次世界大战的。从一个英国庄园的管家，从他的角度来看第一次世界大战英德上层之间的来往，这部小说是通过一个管家的日常来写第一次世界大战。

因此，同样的题材可以写成严肃的学术著作，所谓严肃的学术著作就是给专家看的，同行看的；但是同时也可以写成非虚构或者小说，写给普通的大众。要让普通读者喜欢，就必须要有描述，要有情节，要有场景，要有人物塑造，要读起来有趣味。如果是写历史的非虚构，我认为和历史的客观、历史真实性一点儿都不矛盾，可以是带有文学性的。刚才念群已经提到了，其实历史写作本来就有文学的深层结构。按照海登·怀特所写的《元史学》的分析，所有的历史写作都可以划为四种文学形式，即浪漫剧、喜剧、悲剧、讽刺剧，在历史的写作的表达上有隐喻、提喻、转喻、讽喻等，这些文学写作的方法也适合于历史的写作。怀特找到了历史写作的深层结构，原来我们没有意识到这个问题，其实我们每一种写作都有那种潜意识，可以说文学和历史学的深层结构是相通的，正是刚才念群说的历史和文学是不能分家的。

但是，20 世纪 60 至 70 年代，历史学的写作越来越趋向社会科学化，强调分析，讲究数据，包括我的《跨出封闭的世界》那本书，但是我们现在历史越来越回归人文，回归文学，我们要把历史写作和大众阅读结合起来，而不是在象牙塔里自娱自乐，而历史的非虚构写作，便提供了非常好的途径。

祝勇：刚才两位老师都讲到跨界的问题，文学和历史学是分不开的。开场的时候，陈肖寒主持人讲过历史非虚构写作时间成本比较低，这点我坚决反对。刚才王笛老师已经反对过了，我再反对一次。在我看来，历史非虚构写作非常具有难度，是一种高难度的写作，我根据我自己写作的经验说一下这个问题。

历史非虚构写作需要引人入胜，而不是平铺直叙，重要的是，要关注历史中的人性，因此就需要许多细节，还有对话。有时候一个细微的动作，比什么都更能体现人物的内心世界。有了细节，史学著作就有了文学性。

但这也是我拍纪录片，或者写作历史非虚构作品最重视、也最难解决的问题，就像一个悖论一样始终存在着。如果写一部历史小说，那就比较好办了，只要想象、虚构就可以了。当然细节的呈现可以体现出一个作家生活基础的深与浅、文学功底的高与低，但那是另一回事，总之是可以做到的。但历史的非虚构写作就不一样了，因为要"言之有据"，所以细节也好，对话也好，必须要有文献、史料作依据，不能是杜撰的，这一点特别难，要求写作者寻找大量史料和文献，犹如大海捞针，但假如文献的大海里根本没有这根针呢？许多史料、文献是只有概述性的文字，而不提供细节的。

我记得谢晋导演说过一句话：假如有两个好的细节，这部电影就可以拍。如果历史非虚构写作得不到好的细节，所谓的文学性就荡然无存了，还是变成了传统的历史叙事。所以要在历史非虚构里实现文学性，真的不是一件容易的事。

现在说一说对话的问题。我的历史著作里有对话，因此而受到诟病。有些人认为历史著作里是不能有对话的，因为对话是不可信的。但我书里的对话都是来自史料，因此所有的对话都加了出处。罗新教授在书里写过一句话：一切史料都是史学。在我看来，被记录下来的对话，也是一种史料。

关于对话的可信度问题，其实是与其他史料平等的，难道所有的文献都可信吗？比如我们引用过去报纸上的报道，可信吗？只有将不同的文献相互参照、比对分析，才能得出相对可靠的结论。其实，史料中的对话也是一样。

我把它们写在书里，并不代表我完全相信它们，也不是想让所有人都采信，只是说有这样一种记录，立此存照而已。苏东坡在《念奴娇·赤壁怀古》里写："故垒西边，人道是，三国周郎赤壁。"有人说了，他所描写的赤壁并不是"三国周郎赤壁"，但他提前说了，是"人道是"，也就是"别人说是"，不是他自己说的。是黄州当地有这么一个说法，仅此而已。

陈肖寒：刚才王老师说的，历史非虚构写作要有根据，如果没这个细节你反而把它呈现出来，那岂不是……

祝勇：没根据的细节肯定是不能写的，而有根据的细节，无疑会使历史非虚构的文学性大大增强。我还是以《辛亥》这部纪录片和《最后的皇朝》这本书为例吧。这一片、一书，时间都截取了辛亥革命这一年，从辛亥年的春节写到辛亥年的大年三十，地点放在北京，写这一年在北京发生的事情。它是一部历史著作，完全不是小说，但是一开场我是从一个人的死亡开始的，北京胡同里的老百姓，

清末的百姓

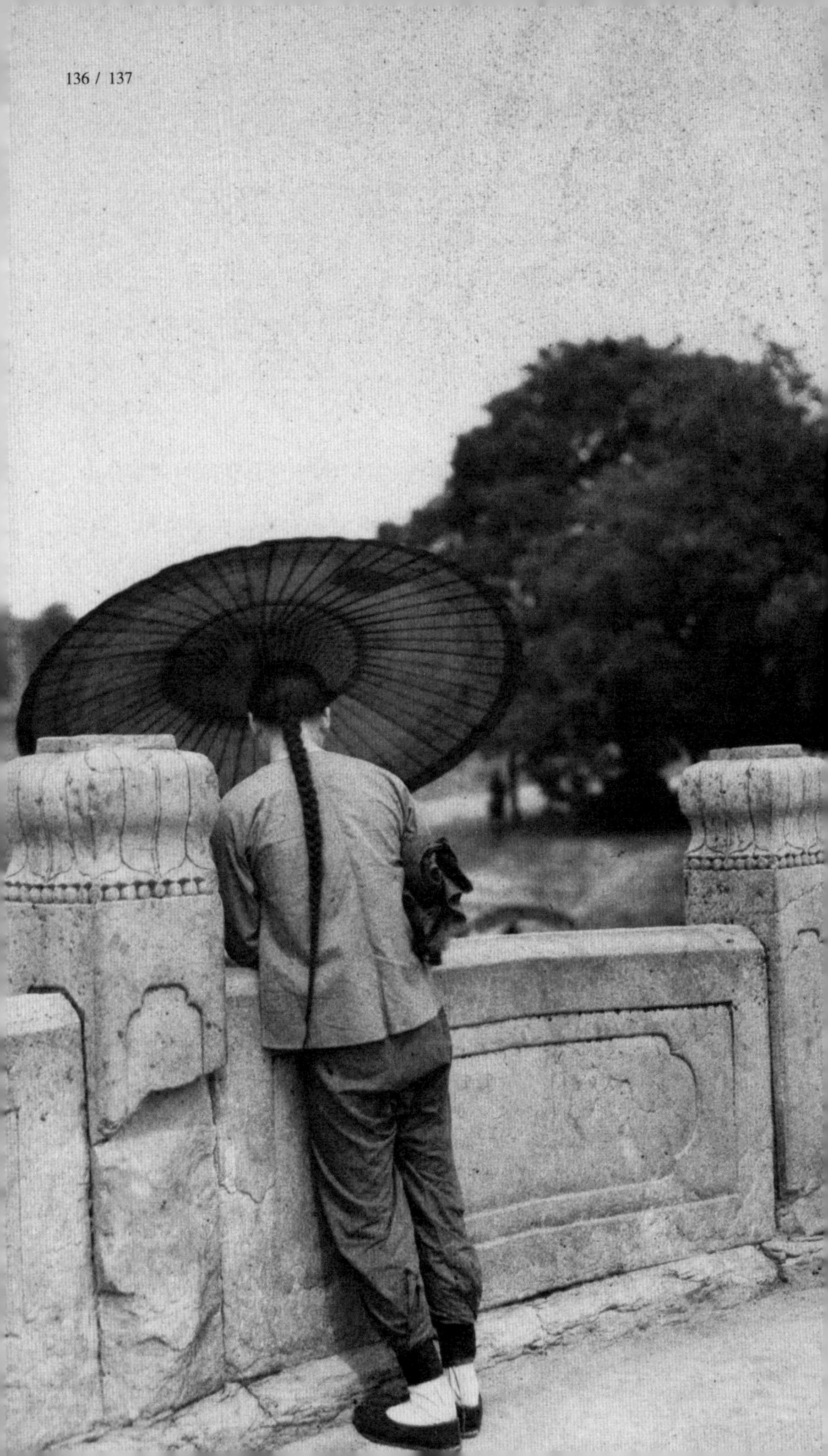

显得扑朔迷离，悬念感十足。这个方法是跟史景迁、魏斐德、孔飞力他们学的。西方的历史学家他们对我的影响还是挺大的。

这个开头看上去很像一部小说，但是它绝对不是小说，因为它是有根据的，那个死者有名有姓，连他家的门牌号都是真实的。为此我翻阅了辛亥那一年的很多报纸，对于那一年电影院演什么电影，有哪些商品广告，有哪些社会新闻，我都耳熟能详，在文字里营造了非常真实的现场感。所以书里有很多注释，对话也很多，都是来自文献史料。所幸当时有很多报纸，后来的回忆文章也多，假若写古代史就很难，写历史非虚构很难。

所以我觉得历史非虚构的写作者面临着一个很大的障碍，就是史料的支撑。一个好的历史非虚构写作者一定是克服了材料上的巨大障碍，才最终完成了他的写作，我觉得这个过程比起纯学术写作一点儿也不省力。所以我个人认为历史非虚构写作是最难的，比历史虚构难，比历史论著也难，这是我的一个感受。

陈肖寒：其实大家也可以思考一下，有没有可能是这样一个问题。历史的非虚构写作，比如说讲一个故事或者怎么样，把清朝的最后 100 天，或者最后 10 年讲下来，他只是一个故事，读起来很吸引人就行了。但是学术研究，任何一个有价值的研究，一定要解决一个有意义的、值得被解决的问题。这个书写得好看，我想绝大多数人都不反对，但是学术著作要解决学术上有意义的问题，这就会造成你在写作、叙述过程中，所有东西都要围绕这个中心来考虑，你不能过远地离开这个中心。这就是杨老师刚才讲很多论文写得很枯燥，为什么会枯燥，就是因为这个原因。

我也特别想听杨老师的想法。因为我们今天活动请来的三位老师，他们自己都在实践历史的非虚构写作，当然不实践的人也不来。反过来说，参加这个活动对他们三位来讲也是一个巨大的压力。为什么这么说？非虚构写作的"人设"立好了，你们说历史完全可以写得很好看，将来坐在下面的所有的人都会盯着你们的作品，盯着你们的论文，检查你们自己是否首先做到了自己所说的这一点。当然也许杨老师说，唐启华的书完全可以写得很好看啊，要是我写这个题目，我就可以做到（笑）！那么，是不是任何题材，尤其是刚才我讲的围绕一个需要被解决的问题来进行的学术研究也可以做到这一点？

杨念群： 刚才肖寒提出了一个具有挑战性的问题。我以往的任何写作在主流历史学界里都属于异类，比如说《再造"病人"》，这本书表面看上去是一本医疗史著作，但是表层的医疗史叙述只是表达我另外一套思路的工具，我实际上谈的是政治控制如何演化的问题，探讨的是政治思维在不同的历史时期如何贯通于各个领域，并由此造成了怎样的后果，所以不属于标准的医疗史写作这个专门化类型。近些年社会史、文化史的兴起虽然对中国史研究方法的更新有一定贡献，但却越来越偏离中国历史的核心特性和关键问题。

肖寒提的第二个问题也很重要，概括而言，那就是历史学家到底需不需要想象力的问题。长期以来，我们似乎觉得只有文学家需要想象力，他写作时可以随意虚构人物编造情节。历史学家的面目应该是严谨求实，追求客观，有一分材料说一分话，严格地按照史料划定的范围提出解释，做忠实的叙述者就足够了。但我认为实际情况恰恰相反，历史学家可能更加需要想象力。也就是说如果要想把一个史事或具有故事题材性质的叙述写得漂亮生动，就不能仅仅依靠史料本身提供的信息，而是必须发挥想象去弥补史料的不足，起到衔接残缺史料之间缝隙的作用，建立起合理化的叙述线索。同样一件史料你怎么把它表述得更加精彩，让人们喜欢阅读，也是通过想象力加以呈现的。

顺手举个例子，《再造"病人"》里面有一章提到了兰安生博士，兰安生博士是美国公共卫生学家，他在北京建立了一个公共卫生区。所谓"公共卫生区"就是把某片人类自然居住的地区视为需要进行医疗卫生监控的区域，他把北京行政规划中的"内一区"当作了实验对象，生活在"内一区"中的所有人群都被作为潜在的病人加以看待。

问题是，你用什么手法来描述兰安生建立卫生公共试验区的情景呢？传统的办法一定是按部就班地刻板描述"内一区"的地理方位，比如说从哪个地点到哪个地点，这样的写法似乎也可以把"内一区"的范围说清楚，其实"内一区"就位于紫禁城王府井一带，但这样写看起来很不生动。为了使历史叙事场景化，我虚构了一个兰安生坐车寻访"内

一区"边界的故事，我说兰安生到了北京就坐车沿着"内
一区"的路线走了一圈，沿途看到了什么，这样描写就使
得"内一区"的地理边界顿时显得鲜活了起来。

　　兰安生行走勘察"内一区"边界的故事是虚构的，但
"内一区"作为一个历史地理位置却是真实存在的，虚构
的兰安生故事仅仅是为了说明"内一区"已被纳入公共卫
生区创始人视野这一历史事实，由此起到相互印证的作用。
这个例子可以被当成"历史非虚构写作"的一个尝试。如
果你不描写兰安生坐小车走一圈，给人的感觉就是叙述缺
乏情景化效果。相反，如果不存在北京"内一区"这个场所，
你却说有这么一个空间，里面发生了什么故事，那就只能
属于"虚构写作"，但是北京"内一区"这个历史地理空
间是真实存在的，就应该允许通过某种虚构的故事场景灵
活地加以表现，这就是"历史非虚构写作"与一般文学作
品的最大区别，这是我想说的第二点。

　　第三点我想简单回应一下王笛兄刚才提到的历史写作
如何重归人文精神的看法。"历史非虚构写作"最重要的
特质就是其不可归类性。我们大多数历史学者已经被西方

社会科学方法规训到了相当狭隘的地步。现在学术刊物上发表的文章，几乎是一个模子刻出来的，一篇文章如何开头、怎样结尾都是那么的八股格式化，这些文章从遵守学术规范的角度观察也许有价值，但是大多非常枯燥无味，缺乏阅读的快感。

所以我写《再造"病人"》的时候就下定决心，要写出一个用标准化的学术规范无法归类的著作，区别于流行的学术"八股"论著。具体怎么办？我采取的就是"贯通"不同研究领域的办法，我试图把很多以往单独归于专门化处理的议题归纳在一起，加以贯通式的理解，而不是仅仅处理一个个案。

有人说你这本书怎么东拉西扯，一会儿东，一会儿西，一会儿上，一会儿下，读起来完全没有章法似的。一开始你写传教士，按照一般学术专门化规范，你就干脆写一本传教士在华传播医疗史就完了，怎么突然又跳到北京城里，大谈公共卫生区的建立？当我们刚想从城市史的角度了解这段历史，你又从北京的产婆、阴阳先生转移到了郊区定县，再下一章又开始谈论中医的命运，接着一章又跳到反细菌战，最后落到赤脚医生问题上去了，这不符合学术规范啊。

　　其实在我的眼里，所有这些要素都是一个有机结构的组成部分，我的目的是要把许多貌似不相干的问题按自己设计的脉络贯穿起来，体现出我对医疗与政治关系的看法，而不是拘泥于某个特定的个案研究，而紧紧抓住某个特定个案进行分析恰恰是目前社会史、文化史最擅长的方法。

　　一旦采取以上的贯通途径恐怕就很难符合现在所谓医疗史的标准学术规范了，甚至显得有些"野狐禅"，但这恰恰是我摆脱历史研究过度社会科学化的一种追求，以此回归刚才王笛兄所说的中国传统研究的人文本性，对一种历史过程的贯通理解不应该是单一的而是多元的、多线的，最重要的目的是如何更加深切地体现出当时人物的生存状态。而不是像目前社会科学所规训要求的那样，必须有一个固定的叙事框架和单位。

　　关于这一点我特别理解为什么当时黄仁宇的作品不被

美国人所接受，他写的《万历十五年》美国人看不懂，因为黄仁宇的写作具有相当人文化的特征，特别接近古代中国人对历史生态的理解。刚才肖寒提到了一点非常重要，你写一本书不是叙述一个故事，你要从故事里展示出某种给人启发的历史观。当然我是非常不同意黄仁宇的历史观的，黄仁宇认为中国的传统道德很糟糕，必须彻底抛弃，只有全盘实现西式的数目字化管理，中国才能实现现代化，这是中国走向光明前途的前提，我不太同意他的这个观点。但是我非常欣赏黄仁宇用一种优美的笔触表达了其复杂的历史观，尽管大多数人其实根本没看懂《万历十五年》到底在说什么，却不妨碍《万历十五年》成为中国历史非虚构写作的典范。

所以我特别强调，历史的非虚构写作不仅仅是单纯的会不会讲故事的问题，一部上乘的"历史非虚构写作"的作品一定要具备卓越的历史观，优美的叙事要服务于深刻的思想，而不是仅仅讲述一个好看的故事。如果你堆砌了一堆故事摆在那儿，那只是通俗的地摊读物而已。历史的非虚构写作和一般通俗读物的区别就在这里。

陈肖寒： 我上本科的时候读的头两本书就是《万历十五年》和《中国大历史》，我对他说的"数目字"还是记忆很深刻的，这是他很重要的概念和历史观。

我们今天也征集了很多问题，有很多听众提前提了很多很多的问题，有一个可能是最重要的，就是我们三位老师讲了很多理念、原则，如果现在有一个读者来问你们，说我也对一个题目感兴趣，我也想写一个历史非虚构作品，我该怎么做？我从什么地方入手？我该具备什么样的素质？我该做什么工作？我在写的过程中应该注意哪些问题？按杨老师的说法，他提了很重要的一点，历史学家或者任何写作者都要有想象力，这是很重要的一个观点。可是按照王老师的说法，他写《袍哥》和《茶馆》的时候，根本就没把它当成什么非虚构写作，按他的说法那就没什么要准备的。按照祝老师的说法，这个东西比你写论文、严肃著作难多了，翻多少东西找不到一条可以用的材料，可能他就会劝你算了吧，这个作者可能就直接放弃了，这可能是所有问题里最重要的一条。

如果有一个人现在想进行这个工作，把你们赞同的这项事业发扬光大，应该做哪些准备工作？

王笛： 如果有一个学生问我怎么做，我会告诉他进行历史研究的共同的方法，不会和我指导学生论文有任何不同，就三点：一是到图书馆收集资料，二是实地考察，三是认真研读资料和思考。在这个过程中，提出研究问题和形成论证的观点。至于说非虚构的写作，如果是研究生的话，我就劝告他写学位论文千万不要写出非虚构的风格，要老老实实地按照学术论文的要求来完成，包括规范和格式。甚至于提副教授之前，都不要去写非虚构，因为你是要受到同行评价的，如果是非虚构的话，会冒着极大的风险，必须严格按照本领域的学术评价的基本要求完成学术成果。

念群刚才也提到，黄仁宇多年前在美国的遭遇就是很沉痛的教训，他的写作我认为是非常超前的，《万历十五年》这样的写作，在美国的出版也遭受到很大的挫折，经过了非常曲折的、长期的评审的过程，受到否决，等等。其实国内很多学者写得非常好，有很多畅销书，如张宏杰、马伯庸等人的作品。他们的书在学术界可能从专业的角度受到非难，但我看了他们的书，觉得相当不错。他们的书有很多细节是非常有可读性的，我们当然可以质疑其中的细节，但是我们应该思考，为什么他们的写作能够吸引大量普通的读者？

我想起刚才念群兄说的话，觉得应该要澄清，历史学家需要想象力，这是我十分同意的，但是必须要有个前提，如果是作者自己想象的，必须告诉读者。比如刚才念群兄举的例子，兰安生博士在北京建立公共卫生区，在北京走了一圈。目前资料没有证明他走过这一圈，但是从逻辑上推断，他应该是进行了这样的考察，但是必须告诉你的读者，走的这一圈是你想象的或者是推论。

其实我写《袍哥》的时候，也面临类似的问题，由于没法找到雷明远结局的有关资料，我根据逻辑推理，认为不外乎三种结局：第一种，他由于吸食鸦片，所以在解放军到达成都郊区的时候，他早已经死去，可能坟头长满了青草；第二种，他也可能因为吸食鸦片把家产挥霍一空，成为贫农，在土改中甚至分到了一片田；第三种，他是袍哥首领，手里有血案，也可能在"镇反"运动中被处以死刑。

我是告诉了我的读者这三种可能性，是我逻辑的推论，而不是选其中的一种。我觉得允许想象，但是也要告诉读者，甚至对话都是可以想象的。在历史的场景中，你可以想象我们的主人翁可能会说这样几句话，你要把这样的情节写得有吸引力、有色彩，而且可以有人物的塑造。你甚至可以为主人翁代言，并进行心理的推理，但是前提是，你必须告诉我们的读者，这是你根据当时的场景所做的合理的想象，如果你不说，我觉得就把虚构和非虚构给模糊化了。

既然我们叫"非虚构"，我认为就是一点儿事实都不能自己创造，任何事实创造，都必须告诉我们的读者。

杨念群：刚才王笛兄特别提到了关于想象力再现的问题，我跟他稍微有一点点区别，我非常同意所有的历史再现都必须有确凿的根据。同时我觉得既然是非虚构写作，当面临史料缺乏的时候，又需要使用合理的想象来弥补和衔接似乎并无关联的史料之间的联系。当然观察历史的角度因人而异，需要掌握比较高超的分寸感。我刚才举过兰安生在北京建立公共卫生区的例子，尽管兰安生下车考察北京"内一区"的情节是虚构的，但是我想通过兰安生的眼睛描述出"内一区"作为公共卫生区的范围，增加历史的现场感，我没必要告诉读者这是个虚构的情节，因为"内一区"本来作为一个地理空间就摆在那里，是一个真实的存在，我只不过用不同的方式描述同样一个历史事实而已，这是我与王笛兄有关非虚构写作边界如何界定的分歧，不知道王笛兄是不是同意。

王笛：我是坚决不同意的，如果大家读过我的《茶馆》这本书的《引子》和《尾声》，我也是虚构了场景的，但是我明确说明了这是我的想象。如在《尾声》中，我说我想象一个在 1900 年 1 月 1 日晚上还在成都某一个小茶馆喝茶的茶客，陷入了半个世纪的沉睡，他在 1949 年 12 月 31 日的深夜突然醒了，他像梦游一样沿着城墙开始行走。过去城墙只有 4 个城门洞，现在已经有 7 个，而且好多地方的城墙已经被破坏了。他还看到了有一条叫春熙路的街，那里有一尊铜像，有小胡子，梦游者不知道是谁，但是我写的是孙中山铜像，现在仍然在春熙路。

这是我通过这个梦游者，通过他的眼睛，来看成都在 1900—1950 年半个世纪的变化。这个想象我是一定要告诉读者的，不告诉就有危险，哪怕这个城市的这些变化都是有根据的，但是这个梦游者是不存在的。对于念群的这个研究而言，如果没有资料，完全可以说你想象兰安生会这样走一圈，没有必要隐藏你的想象力，但是你必须告诉读者这是你的想象。

杨念群：我想咱们各自保留观点就好，不用争执了，我沿着刚才肖寒的话继续说几句，我非常同意王笛兄的看法，如果大家想从事非虚构写作，你们一定要把学业和以后要从事非虚构写作的志向区分开来加以考虑，因为现在的学术科研体制是高度社会科学化的制度，你在学生期间如果不遵守其规则，就很难毕业。

还有你们不要过早地把自己局限于某一类阅读范围，比如只读自己专业领域里的书，你们应该多看小说和艺术类作品，增加自己的人文修养和判断力。除了历史专业书籍之外，不要太受社会科学专门化影响，只看与自己专业相关的那一部分书籍，而不看其他方面如文学类的作品。我跟王笛兄相似，有时主要精力都放在阅读小说上，所以我更愿意向学生推荐优秀的小说。王笛兄最近在做第一次世界大战与中国的题目，我说你要翻一翻石黑一雄的《长日将尽》，里面就是讲的一个英国管家眼里的第一次世界大战是什么样子，其观察角度与那些大叙事完全不同，类似的东西你多吸收了，长此以往自然会落实到你的写作笔头之上，潜移默化培养出书写的优雅流畅性。

陈肖寒：王老师和杨老师只写过书，祝老师还拍过纪录片，我觉得他的经验可能更多一些。

祝勇：还是回到你那个问题，如果有小朋友们想写非虚构的话有什么样的建议。我想有时候我们强调一点往往会忽略另一点，刚才我们讲书要写得好看，写得好看讲得多了一点儿，主持人马上发声，好看不是历史非虚构的终极目的。其实这也是我想说的，如果我们喜欢看历史非虚构，或者想写历史非虚构的话，首先要有问题意识，就是你关注什么问题，你关注这个问题的哪个方面。每个问题都很大，辛亥革命太大了，"茶馆"也非常大。首先你关注这个问题的本身，你这本书想解决什么问题，问题意识是特别重要的。

有时候我甚至觉得提出问题比解决问题更加重要，因为你能不能敏锐地产生你自己的问题，在这个基础之上才是怎么阐释、表达得更加艺术的问题，不能反过来看这个关系。如果反过来看，你就真的是在写一部小说。比如说想开头怎么引人入胜，怎么有悬念，这完全是小说、电视剧的写法了，这个关系不能颠倒。本身还是要基于学术训练，产生问题意识。我觉得作为一个年轻人，能够有问题意识是非常重要的素质。

现在我也在看小说，我最近十年的书基本在人民文学出版社出版，原来在三联出过几本书，现在因为某种原因就转到人民文学出版社了。人民文学出版社也经常送我小说看，我最近很长时间都在读小说，我反而发现现在有些小说家有问题意识。比如说我最近读东西的长篇小说《回响》，之前刚刚看钟求是的长篇小说《等待呼吸》，都是写我们这一代人当下的事情，但是捕捉当下的问题非常敏锐。他们是带着问题意识进入小说创作的，所以我觉得我要对他们致敬，能够从看似平常的日常生活中，非常敏锐地发现当下的问题，只不过是用小说的方式，通过人物的命运做出了他的阐释和回答。

还有一些作家，专注于现实的非虚构题材，比如梁鸿，写了《中国在梁庄》《出梁庄记》《梁庄十年》等著作，以梁庄和生活其中的人为切入点，勾勒出中国乡村的内部结构，构建出一部相对完整、曲折的农村变迁史。我觉得他们最厉害的就是他们对当下现实或者对历史问题的敏锐性、敏锐度，我觉得这是前提，至于叙事方式是第二步的问题，这是我的一个建议。

杨念群：我还要建议大家多看电影，其实你看一部片子的导演如何架构规划一个个画面，他如何把这个场景与下一个场景连接起来，形成一个具有强烈观赏性的完整作品，就要发挥独特的想象力。一部优秀的电影和不够优秀的电影，其最大差别就是其叙事逻辑是否独特，各个画面所构造出的故事情境之间如何有效组合拼贴。因为无数人拍了无数电影，你怎么超越前辈？拍电影跟写小说的叙事结构和想象逻辑有相当近似的地方，其最大区别在于情景再现手段的不同，电影是用画面讲述故事情节的。你脑子里想象一个具有连续性的画面，思考着如何把它描写下来，就可以通过多看电影来慢慢感悟，"历史的非虚构写作"跟电影导演的工作有相近的地方，你怎么把不同的故事情节串接起来，体现你的创作意图，同时又要使叙事节奏带有愉悦感。

祝勇：我发现念群兄非常适合做纪录片导演，这就是纪录片
导演的思维方式。如果是笨的纪录片导演一定说这一区在北
京什么位置，划分成什么样，灌输给你。一个好的纪录片导
演会安排一个人物，沿着它走一圈，这是一个形象思维的东
西。刚才王笛老师讲到《袍哥》，《袍哥》我没看，今天晚
上回到家里马上订《袍哥》，尽管不是社科文献出版社出版
的，我对王笛老师讲最后梦游的比方还是很好奇的。

王笛：刚才祝勇和念群说的引发了我的一些思考，首先是
祝勇刚才提到当代文学，前几个星期我在上海师大举行的
都市文化和文学的讨论会上做了一个主题演讲，讲到我这
些年的一个观察，实际上对中国当代普通人的记录，我们
的文学家比历史学家做得好得多。我在那个会上就说，如
果 50 年以后我们要来看普通人的生活，不管城市也好，农
村也好，我们只有从文学家那里。比如说想了解从 20 世纪
50 年代到 70 年代的中国人的生活，我们会读谁的著作？
历史学著作几乎没有，但是我们可以读莫言的《生死疲劳》，
可以读路遥的《平凡的世界》，可以读余华的《活着》，

太和殿广场阅兵式，1918 年 11 月 28 日

等等，但是我们历史学家没有提供这样的著作给后人，这是历史学家的失职。当然我们有各种理由，如受到某些局限，没办法写，但是写普通人，应该说局限少得多，为什么我们还是不做呢？我觉得这是历史观的问题，因为我们觉得普通人没什么好写的，不属于历史学家应该关注的对象。历史研究应该是平衡的，现在历史学家应该把我们的眼光除了瞄准精英，瞄准帝王，也应该瞄准普通民众。

我非常赞同刚才念群说的，我们写历史要有想象，要有拍电影的眼光。其实历史写作也必须有远景（大场景）、中景、近景，甚至特写，但是我想很多历史学者写作的时候没有考虑这个问题。其实我们可以想象一下，如果观看一部影视作品，如果只有远景，始终镜头都是拉得远远的，你觉得难不难受？必须要有层次。电影还告诉我们，要有各种故事线，如果只是单线的话，是不是觉得很枯燥？实际上要有各种复线，不断交叉，要有节奏，要有情节，这样的故事展示才能扣人心弦。因此，我们可以从文学、电影中学到很多东西，历史的写作一定不要故步自封，不要唯我独高，不要瞧不起其他领域的写作。作为学者始终要有开放的眼光，不断从其他学科、其他领域、其他学者那里学到有用的东西。

本文为中国人民大学史学理论研究所、社科文献出版社历史学分社、北京红楼公共藏书楼共同主办的"历史的非虚构写作——2021 年鸣沙史学嘉年华"第一场"源流与边界：历史非虚构写作的理论维度"

对谈地点为北京红楼公共藏书楼 2021 年 7 月 23 日晚

原载《中国公共史学集刊》第四集，

北京：中国社会科学出版社，2022 年版

我把自己的写作，当作与他们的一次交谈。我相信这种交谈，不只是个人之间的秘语，而是不同时代之间的互动。

第二编

记忆与当代

Memory and
Contemporary

历史的潜水员

第二编
记忆与当代

一

从《故宫的风花雪月》《故宫的隐秘角落》到《在故宫寻找苏东坡》，我五年中出版了三部有关故宫题材的作品，若从《旧宫殿》算起，则写了十几年，算是写故宫的"专业户"了。其实故宫对我，不只是一个写作区域，更是我观察中国历史的一个窗口。没有人数过，故宫究竟有多少座门，在我眼中，每扇门都是指向历史的，背后都藏着通向历史的秘径。

我该怎样去写历史呢？有一句已经被说滥了的话，叫"一切历史都是当代史"。这句话意在强调，所谓的历史，都存在于当下；没有当前的生命承载，就没有过去的历史。于是，在历史与现实之间，构成了某种对应式的镜像关系，从历史中，我们可以看到现在，反之亦然。所以我们才会去"以史为鉴",把历史当作认识现实的工具。"鉴"是一个盛水的盘子,在镜子发明以前,人们用它来照见自我。我相信在古与今之间,确乎可以找到一种对应关系,但把历史当作工具,固然不错,却还不够,有些把历史的价值简单化了。

并不是所有的历史事实,与现实都可以形成点对点的对应关系,比如我祝勇,可以和历史中的哪个人对应呢?那些对应不上的,岂不就"过期作废"了?况且,也并非所有的写作者都志在"以古讽今",一如当年吴晗写《海瑞罢官》时,断然不会想到有人把海瑞与彭德怀"对应"到一起去。

二

比起克罗齐的名言"一切历史都是当代史",我更信服卡尔的一句话,即"历史是现在与过去之间永无止境的问答交流",十几年前写《辽宁大历史》(修订版改名为《辽宁传》），我把这句话放在卷首作为题记。

现在与过去、现实与历史，更像是对话式的关系，不只互相鉴照，而且互相渗透、互相构建。在这种互动关系中，历史可以被不断挖掘和再理解，历史也可以参与到再造现实的进程中。

于是有了两种截然不同的历史写作："映照"式的历史写作和"互动"式的历史写作。对前一种写作，我并不排斥，我自己写历史，也试图在历史与现实之间寻找到某种契合点，但是，这种写作很容易从概念出发，"按图索骥"，而丧失了历史的鲜活性，忽略了历史本身的复杂、深厚、多元。

历史不只是一个盛水的盘子，它更是一片海，表面上看什么都没有，实际上却包罗万象。一个历史的工具论者，就像一个渔夫，或者一个海洋捕捞工作者，在大海里取其所需，而一个"互动"关系的建构者，却是一个潜水员，甚至是一只海洋生物，在大海里生存，他的体魄，被海洋所塑形，每时每刻，都可体会到大海的波澜壮阔、急弯暗流。

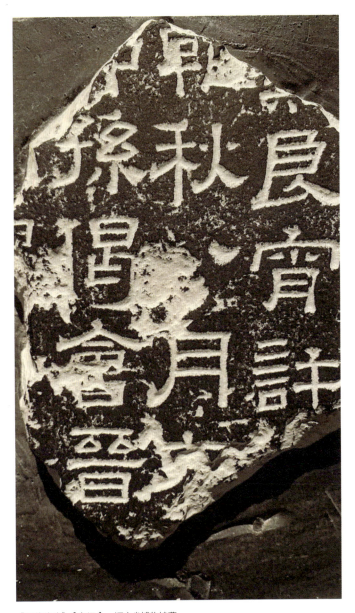

《司徒残碑》［东汉］，辽宁省博物馆藏

三

我写王羲之、李太白、苏东坡，很难说包含了多少现实的用心。落笔时，仿佛他们就坐在我的对面。在他们身后，是他们各自生活的时代，辽阔幽远、诡谲迷离。我只是想了解他们，并在他们的引导下，看清他们生活的时代。

在我心里，他们是与他们的时代紧紧联系在一起的，是各自时代的象征。我把自己的写作，当作与他们的一次交谈。我相信这种交谈，不只是个人之间的秘语，而是不同时代之间的互动。当然，以我的浅陋，并不具备与他们"对话"的资格。因此我没有用"对话"这个词，而是说"交谈"。我相信这样的"交谈"（也就是卡尔所说的"问答交流"），不需要声名、职称作为前提。我深知这些古代圣贤，不只有非凡的才华，还有一颗平凡的心，他一定会同意与我进行这样的交流。

时间掩盖了太多的事物，他们那个时代，有太多事物是我不懂的。但不懂它们，就无法理解这些大师。我坚持书写那些遥远的时代，是因为我相信这样的"问答交流"，可以让往昔的精彩与浩荡在交谈中一点点被"唤醒"，让那些重新燃起的光芒照亮我今世的命途。

这写作，或曰交流对话，不仅让我看到他们置身的那个时代，感受到他们内在精神的强大，更对我（我相信也对所有人）构成一种滋养。这滋养，不是心灵的鸡汤，也不只是艺术史的启蒙，而是一种全面的人格塑形。它有时不是那么直接、立竿见影、可量化，而如阳光雨露，润物无声，有如至爱亲朋，在时间中相濡以沫。

四

假如说我有什么值得骄傲的地方，那就是我的写作，依托于一个强大的时代。或许，只有在活跃、律动的时代，才能实现和历史真正的对话。倘在 20 世纪 70 年代（1978 年以

祝勇《故宫的书法风流》书影，左页为故宫博物院藏石鼓文，
北京：人民文学出版社，2022 年版

前），这些历史人物断然不会进入一个写作者的法眼，即使写了，也必是僵化的，不可能像今天这样富于魅力（连清华附小的小朋友们都交出了一份有关苏东坡的答卷，惊艳微信朋友圈，课题研究水平，足以让许多硕士、博士自叹弗如）。

我们都知道，今天的中国文化，乃至中国文学，是在一个越来越开放的背景下展开的。历史上的中国，从来不曾像今天这样全方位地拥抱世界。这也为我们感受和书写历史拉开了一个宽幅，提供了一个前所未有的环境。人们常说这是一个伟大的时代，同时，这也是一个有趣的、富于想象力的时代。这个时代的每一项发明（比如被评为中国"新四大发明"的高铁、支付宝、共享单车和网购）都与想象力有关。在这样一种时代格局下回望历史，历史也才会显露出它的可爱与真实。

经久不息的美

第二编
记忆与当代

兽面纹铜圆鼎，祝勇摄

　　2018 年我出版了一本新书《故宫的古物之美》，在一次读者见面会上，有一位读者提了一个八竿子打不着的问题——如何提高孩子的作文写作能力？这恐怕不是三言两语能解决的问题了，至少要办个作文培训班吧，但我还是勇敢地回答了。我的回答是：现在的孩子对美不敏感了。庄子曰：天地有大美而言。我们身边，到处都是美的事物，一草一木、一茶一饭，其实都是美的，更不用说博物馆里那些精美的艺术品，站在它们面前，目睹着那些美的创造，我总是无比感动。古人熔铸在艺术品（被后人称作文物）里面的那份对生命的热情、对美的创造力，历经几个、十几个世纪之后，依然没有熄灭，依然能够温暖我们的心。其实透过天地自然之美、艺术创造（文物）之美，我们看见的是我们自身的美——属于我们人类生命的那份经久不息的美。

　　但在当下，孩子们感受美的神经已经迟钝了（成年人何尝不是如此），对美的味觉也变得无比粗粝。比如"宫斗剧"受热捧，几乎成为历史剧的"主流"，对此，我很不以为然。先不说那些"宫斗剧"的历史叙述靠不靠谱，把中华文明归结为"宫斗"本身就是偏狭的。拍一部两部，或许可以说是编剧、导演的个人偏好，这是他们的自由，但变成"一窝蜂"，大家趋之若鹜，就说明我们的审美趣味出了问题。我们看待历史的眼光太小家子气，变得婆婆妈妈、叽叽咕咕，像长舌妇一样，只对蜚短流长情有独钟。

我在故宫工作，对这一点感触较深。故宫有 186 万件文物，90% 以上是顶级文物，几乎件件是珍品，但关注的人远没有关注甄嬛的多。故宫的展览越来越多，也越来越好，这是进行"美的教育"的最好课堂。像我们刚刚办吴昌硕、齐白石两位大师的展览，哪怕不懂美术史的小学生来看，也会感到震撼。与《千里江山图》那种宏大叙事不同，齐白石笔下的微观世界，蜻蜓、蝴蝶、蝈蝈、蝉，都那样有生命感，欲振翅从纸上飞出。单霁翔院长说，缩短游客买票时间（现在已无须像从前那样排队买票，而一律改成网上预订），就是希望游客能把多出的时间用来看展览。可惜来故宫的许多游客，并没有充分利用这一资源（只有个

祝勇《故宫的古物之美》（增订版）书影，北京：人民文学出版社，2022 年版

别展览除外）。

我们还没有真正懂得什么是美。我们的文明是那么美——有壮美，有秀美，也有各种各样的美，而这种丰富的、灿烂的，或者含蓄的、优雅的美，却被我们忽略了。像《孔子春秋》《颜真卿》这样的电视剧，根本没有播出的机会，我听了，也觉得不平。我们知道颜真卿的书法有多美，他的《祭侄文稿》现藏于台北故宫博物院，被称为"天下行书第二"，在故宫博物院，可见颜真卿《争座位帖》宋拓本，此帖与《祭侄文稿》《祭伯父文稿》并称"颜氏三稿"。在故宫博物院，还藏有颜真卿的《裴将军诗》纸本。颜真卿的一生，跌宕起伏，充满戏剧性。像《颜真卿》这样的电视剧没有播出机会，我们还能播什么呢？有人约我写电视剧《苏东坡》，我一笑了之，实在不忍心投资方血本无归。

我们庆幸，我们生长在中国。因为在这个国度，山美、水美、物美、人美。置身于美而知其美，才是真正的美。

讲好中国故事

第二编

记忆与当代

江西婺源俞氏宗祠柱础，祝勇摄

一

　　"讲好中国故事"，或许是这个时代出给作家们的一道考题吧。每个作家都在用自己的创作，回应着这道考题，因为每个作家，都在以自己的方式讲述"中国故事"（无论是历史的，还是现实的），而很少有人去讲"外国故事"。前天参加青年批评家论坛，李少君还讲到这个问题，当代西方作家、学者，已经在讲述"中国故事"，而且讲得很出彩，像史景迁、宇文所安、薛爱华等。我去年读过亚当·威廉姆斯的长篇小说《乾隆的骨头》，真是佩服这个英国老头儿，把复杂的中国历史演绎得那么玲珑剔透、挥洒自如。反过来，中国作家，很少有人去讲"英国故事"。因此，对于我们来说，"讲好中国故事"的重点，不在"中国故事"，而在"讲好"。在这道考题出现以前，许多作家都已经在讲，而且讲得很好了。我们的文学史里，罗列着许多神奇之书，好的"中国故事"比比皆是。那时候还没有"讲好中国故事"这道命题，它们是超越命题存在的。

但我们不能超越命题。我们今天坐在这里讨论这个问题，就说明我们讲得不够好。我读了《文艺报》上小说家们的见解，想着自己该说些什么。想来想去，想到了最简单、最不深刻的一句话，就是今天这个发言的标题。之所以这么说，完全是基于我个人的写作感受，或许并不适用于他人，或者，对于他人而言，早已不值一提。我这样说是出于这样一个阅读经验：外国人写自己的故事，许多都是从人人皆知的文化符号开始，比如他们讲述历史，就从《巴黎圣母院》《香水》《达·芬奇密码》《金阁寺》入手——当然这不是外国文学的全部，但至少是一部分吧。这些文化符号，全世界无人不知，他们的讲述就从这里开始，丝丝入扣，全世界为之倾倒。

二

我觉得熟悉的事物最难写，因为在熟悉的背后，作家
要写出最大的陌生。相比之下，陌生的事物本来就是陌生的，
容易吸引目光。《木兰诗》我们从小会背，但假如让我来
写《花木兰》，我真不知该怎样去写。这考验作家的能力。
但我喜欢这样的挑战，希望在熟悉的事物中寻找出某种"意
外"，尽管我做得并不成功，至少，我没有写出自己希望
的作品。但我一直遵循着这样的路线，也希望自己继续这
样写下去。

比如，我写过故宫，写过长城。这是我笔下出现过的
空间形象。我还写过一些历史节点，比如甲午，比如辛亥，
这是我笔下出现过的时间形象。这些事和物，早被一遍遍
地言说过了，每一个中国读者都熟悉，至少是略知一二吧，
是否还具有写作的价值，完全取决于作家个人的判断。比
如《辛亥年》（《最后的皇朝》），是我 2011 年出版的

一部作品，纪念辛亥革命 100 周年。对这场革命，中国人至少每十年会纪念一次吧，一个世纪中，不知出版了多少相关作品。开始时，我也不知怎样讲述。其实心里已经有了写作冲动，那些人，那些事，一直在我的内心里翻搅着，让我不得安宁，只是我一直没有找到

《冯承素行书摹兰亭序卷》，[唐] 冯承素，故宫博物院藏

一个恰当的叙述角度。后来想到把视角翻转一下，以皇宫为舞台，从被革命者的视角来看待这场革命，言说的空间突然增大了，作品本身也有了弹性。用故宫来说辛亥，我的空间形象与时间形象突然间有了交汇，从这个意义上说，在 2011 年众多关于辛亥革命的著作中，这并非最杰出的一部，但至少是比较特别的一部。

2013 年我出版专题散文集《故宫的风花雪月》（后增补为《故宫的古画之美》和《故宫的书法风流》），全部在谈论故宫收藏的古代书画。故宫收藏文物总量超过 180 万件，我算了一下，假定每天看 5 件文物，一年看 1800 多件，一个人要看完故宫所有文物，至少需要 1000 年。也就是说，若从赵匡胤建立宋朝那天开始看，要一直看到今天。因此，面面俱到是不可能的。如何选择，要看作家个人的取向。《故宫的风花雪月》，选择了《兰亭序》《洛神赋图》《韩熙载夜宴图》《清明上河图》这些艺术品，都是我们熟悉，或者说貌似熟悉的。当然，这有风险，因为关于它们的研究著作、论文，早已汗牛充栋，言说的空间已被封堵得几近于无，没有弹性了，如果我不知趣，一定要写，各路专家都早已虎视眈眈，在那里等着挑刺儿。

祝勇《故宫的古画之美》书影，展开图为东晋顾恺之《洛神赋图》卷，北京：
人民文学出版社，2021 年版

结果我还真不知趣，把这些经典作品又阐释了一遍。在我
看来，每一件事物都有重写的可能性，写作的乐趣，正在
于对这种可能性的发现。好的写作就是一次有效的突围，
围困越是严密，突围的意义也就越大。

三

我说"貌似熟悉"，当然暗含着一层意思，就是实际上的陌生。我想，许多看上去熟悉的事物背后，都有着让我们陌生的地方，许多看上去简单的事物，也都暗藏着我们无法预期的复杂。我们熟悉它们，说白了只是熟悉它们的表面——在它们的表面已经形成了一层很坚硬的膜，我们把它叫作"共识"，但我相信每一个貌似熟悉的事物都是深藏不露的，那才是文学真正关心的部分。

文学不是给一件事物下定义、作注解。文学对定义、注解不感兴趣，对于文学而言，所有的概念化的结论都是可疑的。当一件事物被定义的时候，它就已经偏离了自身。比如，当我们准备用一句话来概括一个人的时候，我们谈论的，一定不是那个人。我们往往相信一句话的力量，因为它言简意赅，容易形成共识。但我不相信言简意赅这回事。言简，意思必然受损，那些被省略的部分，可能恰恰关系到事物的实质。在这里，文学的意义就浮现了，因为文学不是定义之学，不侧重结论，而侧重过程。文学要修补那些被定义损害的部分，让事物本来的样貌浮现出来，生动起来。

我们在写作中回避中国历史和文化中那些熟悉的符号，是因为它们已经被定义、定型，好像不再有言说的必要。实际上，它们的形象都被那些定义压扁了，只有通过真正的写作，才能恢复它们的肌理、血肉。

其实，在我们眼前的作家中，不乏这样的佼佼者，比如，重述神话系列中，我最喜欢李锐、蒋韵合写的《人间》，他们把"白蛇传"这个中国人尽人皆知的传说翻新了，既有现代性，又不失中国古典的神韵，我看过几遍，还想看。在我看来，在写法上另辟蹊径，比在题材上另辟蹊径更重要。只是我无力写出《人间》这样的作品，徒有敬重而已。我们老院长郑欣淼先生对我说，希望我再放开一点儿，不必被"学术规范"限制住，可以挑故宫的一件藏品，或者一座宫殿来写，彻底写出新意。我这样想过，但迟迟未能下笔。假如我写好了，我也成了讲述"中国故事"的高手。那样，再来参加这样的会，腰杆或许会硬一些。

作为「他者」的「世界」

第二编
记忆与当代

一

　　今天我们谈论的主题是"当代的本土文学与世界文学"，之所以谈论这个问题，是因为"世界"离我们越来越近了。"世界"降临在每个人身上，谁也躲避不开。而且，这个"世界"，已经不再像古代那样由纯天然物质组成，而主要是由网络、美元、机场、工厂、连锁商店这些坚硬的物质构成的。我们每个人都会感觉到"世界"的压迫感，仿佛每个人都处在各种目光的交叉点上，当然，也享受着这个"世界"的便利，因此，谁也不甘心丢掉"世界"，就像一位决定隐居的朋友,他隐居的先决条件,是能够上网。"世界"改变了我们的生存方式，当然也会改变我们的写作方式。

　　在我看来，世界文学对本土文学最有价值的贡献，就是为本土文学提供了"他者"的观照。假如没有"他者"，每一种文学都将生存在自我之中，无法对自己的存在进行回视，也无法与"他者"进行横向的连接。

当然，"他者"是西方后殖民主义理论术语，是以西方人的主体性为前提的，"他者"成了西方人对殖民地人民的命名。在这里，我试图剥离这个词的西方中心主义色彩，只是宽泛地把"他者"当作一个与主体既有区别又有联系的参照。一个主体若没有"他者"的对照将完全不能认识和确定自我，就像一个人，如果不处在人群中，被人们认识和评价，永远无法获得身份感一样。

身份证只负责为我们编号，使个体生命在社会系统中得到一个编码，却不能真正让我们获得身份感，真正地认定自我。假若一个人丢失了身份证，也仅仅是丢失了一个证件，并不会丢失自我。所以，"他者"很重要。萨特说，"他人"是"自我"的先决条件。

二

假如没有世界文学这个"他者"，中国文学可能还在唐诗宋词、笔记话本的世界里逶迤周旋，就不会有现代意义上的小说、散文、诗歌和戏剧。新时期文学的发展，同样也是作家们将本土经验与世界体系相连的结果，我们最熟悉的例子，当然是莫言、韩少功、余华。

其实，包括唐诗在内的中国古典文学，也从未离开过与"他者"的互动，只是那时并没有现代国际法意义上的国家概念，扮演"他者"的，通常不是异国，而是"异族"。读唐诗，我们常被唐诗的浩大明亮所震撼，但唐诗的浩大明亮，缘自它融入了北方少数民族的气质，比如南北朝时期的北魏，就对中原文明构成了一个"他者"。我们都知道花木兰，却很少有人注意到花木兰是北魏鲜卑人，不是汉人。

北魏民谣《木兰诗》，是以 391 年北魏征调大军出征柔然的史实为背景而作的，其中提到的"可汗"，指的是北魏道武帝拓跋珪。"万里赴戎机，关山度若飞。朔气传金柝，寒光照铁衣。"这句诗里硬朗的线条感、明亮的视觉感、悦耳的音律感，都是属于北方的。正是由于北魏入主中原、定都洛阳，黄河、长江文明中的精致绮丽、细润绵密中，才终于吹进了"天苍苍，野茫茫，风吹草低见牛羊"的旷野之风，也才使唐代诗歌获得了前所未有的力度和空间感。李白诗歌的磅礴大气，离不开他出生在西域的成长背景，也与他在诗中收纳了乐府、民歌的资源密切相关。

三

在我个人的写作中，我是有意识地考虑到"世界"这个"他者"的。尽管我眼中的"世界"，除了网络、美元、机场、连锁商店、翻译文学，就再也看不见，摸不着。但我相信"世界"是存在的，而且离我们不远。

我在故宫博物院工作，历史是我写作的主题。但我不甘于在传统的套路下，进行封闭式的历史写作，我试图为历史书写寻找新的空间。那个空间，正是来自"他者"的介入。

我写汉朝，写《汉匈之战》，目光不再局限于大汉的宫廷，而是写到匈奴人在大汉帝国长达 200 年的反复击打之下，终于唱着忧伤的歌，离开故土全体西迁，而他们的西迁，又在世界历史中引发了一系列多米诺骨牌式的变化，匈奴人出现在欧洲，成为惩罚罗马人的"上帝之鞭"，并最终导致了西罗马帝国的灭亡。用这样的眼光看那个时代，每一个微小的角色，其实都介入了世界历史的走向。我写《纸天堂》，写元代至清代的中国历史——那刚好是全球化形成的一段时期，完全借用了西方人的目光。比如写鸦片战争的《烟枪与火枪》那一篇，我是这样开头的：

说到鸦片战争，不妨从 60 年后中国西部的一条道路开始。大清帝国的落日余晖中，一个名叫罗斯的美国威斯康星大学教授，正陪同驻华领事跋涉在通往宝鸡的苍茫古道上，萧瑟枯燥的旅途使他们变得有些神经质，领事看到一个当地农民，便迫不及待地问："从这儿到宝鸡还有多远？"农民起初没有任何反应，美国人面对的仿佛不是一只脑袋而是一块坚硬的石头，直到第三次问时，农民茫然的眼神中才有一点光芒，第四遍问时，对方才听懂"宝鸡"二字，第五遍，才听懂"多远"二字。这时，从他的嘴里慢吞吞地吐出几个字："四十里。"这显然不是因为他们中文不好，因为那名领事几乎是一个中国通。整个上午，年轻的罗斯都为此感到困惑不解。终于，他向领事问道："难道这些人天生就这么愚笨吗？"领事的回答令他吃惊："不。或许是因为鸦片。你没听人说过，'十个陕西人中，十一个是大烟鬼'的话嘛！"

四

人类历史，就是在互为"他者"的前提下一步步走过来的。不同地域、民族、国家的人们，虽然风俗、文化、制度有异，但作为人类，所有人身体里的零件都是一样的，内心的情感、道德观，也是基本一致。我从报上读到对阿来的一段采访，阿来的话，与我心有戚戚焉。阿来说："文学不是寻找差异性的,而是在差异当中寻找人类的共同性。因为比起人类的共同性来讲,文化的差异,生活的差异其实是很小的"①。

这样的共同性,使人类有了互相理解的可能,这成为文学存在的前提,文学,也是实现沟通的绝佳途径。以文学的方式书写历史,并不止于对历史之谜的探寻,更在于对心灵之谜的探寻,我们的历史写作,为的是解开裹挟在历史中的人性与命运之谜。

"80后"作家马小淘说,写作本身就是面向全世界的,因为文学不是对琐碎故事的描述,它的终端是心灵,而丰富的心灵是跨文化的。一个人的视野、阅历和对世界的认知经由作品被传递出来,而文学作品具备超越种族、宗教、时空的力量。她说得很到位。当然,在互相理解、互相成就的另一面,"他者"之间也可以互相折磨,互为地狱,彼此打出狗血。但我相信,这世界上没有单纯的胜利或者

①《阿来:文学是在差异中寻找人类的共同性》,原载《文学报》,2015年8月13日。

失败，一个民族的屈辱里，会包含着另一个民族的屈辱，一个民族的尊严，也将为其他民族所敬重。

历史是所有人共同的历史，我相信历史是许多人关注的主题，那么，对历史的书写，就不能只是站在民族立场上的自说自话、自我安慰，而必须与整个世界相连接，让那些属于个人的、民族的经验，上升为世界的经验。

本文为作者在 2015 年中印文学论坛上的演讲

高原与高峰

中国文学史上，有数量也有质量、有高原也有高峰的时代其实不止出现过一次。我们不妨回顾一下当时的历史环境。比如我们伟大的唐诗传统，一个重要的历史条件，一是经历了东汉末年以来 300 多年的大动荡，从魏晋南北朝，一直到隋统一中国，有 300 多年。这三个多世纪，是中国历史上最黑暗的时期，但也是各种文明互相碰撞、渗透、融合的时期。比如鲜卑这个北方草原民族，都城居然定到了黄河流域的洛阳。还有我们都很熟悉的花木兰，也是鲜卑人。我们没人觉得她是异族，就像我们汉族女孩儿一样可亲可爱。

这表明我们文明的厚度、质感都增加了。中华文明就像一场大派对，所有民族都来参加。血缘与文化的融合，优化了中国人的人种，也优化了我们的文明，所以到了唐代，中国人的人种都发生了变化，连唐朝皇室都有北方少数民族血统，唐人已经不同于汉人，这种变化，让我们的文明经历了一次大的聚变。

所以京都学派，以内藤湖南为代表，曾经提出"唐宋变革"论，中国人、中国文明，到唐、到宋，已与之前大不相同。所以海外的华人区域，都命名为"唐人街"。这是我们这个民族的骄傲。这种文明的优化，反映了我们的文明即使在最艰难的时刻也保持着自我再造能力，这是唐诗传统产生的历史条件之一，也是我们文化自信的来源之一。

再者，是唐代文化的多样性。当然这种多样性也是与前面的原因相关联的。唐代文化的多样性，从唐代人物俑的表情、唐三彩的色彩，乃至唐代绘画中都可以看到。比如《虢国夫人游春图》，骑在马上的，不再像秦代兵马俑那样，全是大老爷们儿，个个一脸严肃，不苟言笑，而全部是时尚美女。到了宋代，女人就不能这样抛头露脸了，三从四德开始约束她们。宋代也既有高原又有高峰，但奔放开放、活跃自由的时代气氛，还是首推唐代。这个时候，整个中国就只等李白出场了。李白一出场，就是"明月出天山，苍茫云海间"，是"黄河之水天上来，奔流到海不

复回"。这样的时空感，之前的文学中没有出现过。曹操
"东临沧海，以观碣石"，"对酒当歌，人生几何"，也
是那个时代的高峰，但中国诗，到李白，才抵达真正的高峰，
是唐代的昂扬、奔放的时代环境成就了他。

今天的中国，与唐代十分相像。但是这个时代，是中
国历史上前所未有的大时代，不是小时代。

一是 100 多年的战争已尘埃落定，尤其是在经历了
五四和抗日，中国完成了文明的再造和民族精神的凝聚，
缔造了现代民族国家。像毛泽东主席 1956 年在会见访华的
日本前陆军中将远藤三郎时所说："正是你们打了这一仗[1]，
教育了中国人民，把一盘散沙的中国人民打得团结起来了。
所以，我们应该感谢你们。"[2]这表明了我们民族文化具
有超越自我的限定性，在苦难中浴火重生的能力。100 多
年的黑暗与苦难，不能毁灭我们的民族、我们的文化，只
能让我们的文明绽放出更强烈的光芒。

---

①指抗日战争——引者注。
②转引自《参考消息》，2014 年 4 月 11 日。

　　二是我们的开放度，早就大大超越了唐朝。"一带一路"倡议，将成为今后中国发展的新引擎，中国和世界从来没有像今天这样融为一体，我们文化的多样性也是前所未有的。我们这个时代的文化，是中华优秀传统文化、革命文化和社会主义先进文化共同铸就的新文化，我们的文学，百年"新文学"、近40年的"新时期文学"，已为我们的文学积累了丰富的经验，如同习近平总书记报告中说，"当代中国正经历着我国历史上最为广泛而深刻的社会变革，也正在进行着人类历史上最为宏大而独特的实践创新"。有"以爱国主义为核心的民族精神和以改革创新为核心的时代精神"，我们完全有理由憧憬，真正的文化高峰为时不远。

本文为作者 2016 年 12 月在中国作家
第九次全国代表大会分组讨论中的发言，根据录音整理

记忆与当代

第二编
记忆与当代

　　记忆是那么珍贵，让我们肃然起敬，让我们珍视，小心翼翼地面对，就像手里摩挲着一件过去的文物。但这其实也是我们想象中的历史记忆，是想象的乌托邦，与历史的真实样貌相去甚远。也就是说，我们面对的历史，带着先入为主的观念，与真实相去甚远。

　　举一个例子，我花很多时间翻阅《养心殿造办处档案》，有人可能会说，那一定很枯燥乏味，这就先入为主了。造办处是清宫里生产日用品、奢侈品的工作厂，许多设计师是由皇帝亲自担任的。比如雍正，政治上残酷无情，在物质方面却充满好奇心。他的圣旨，许多是关于设计的。这些圣旨，与我们想象中的完全不同，不是庄严神圣的，而是有些随意、调皮、可爱的，而且许多是大白话，一点儿也不枯燥乏味。

　　其实历史也是当代，是过去那些时代人们的当代。造办处生产各种产品的时候，不是为了被后来的故宫博物院收藏，而是为他们当时的生活服务的。比如青花瓷，就是吃饭、饮茶用的。更不用说服饰家具，与人们肌肤相亲。

因此，我们面对历史记忆，固然应该顶礼膜拜，但另一方面，那也反映了我们对历史的陌生与疏远。所有珍贵的文物，不过是过去人们面对自己生命的态度，是超越时空限定的努力。

历史永远比我们想象的更生动、好玩、丰富、多元。我们的历史记忆，不仅仅是凝固了的、庄严的，也可以是家常的、好玩儿的、随意的，甚至是调皮的，就像雍正皇帝的御批，并不总是那么严肃，也会说"朕就是这样的汉子"。或许只有如此，我们才能打破历史与当代的壁垒，抓住历史的神韵，触碰到历史的质感，让我们当下的创造，真正与历史相通。

本文为作者在 2017 年 7 月 18 日威尼斯双年展
"记忆与当代——中国主题平行展"上的发言，根据录音整理

丝路与文学

一

　　这些年我讲述中国历史，已经习惯于借用外国人的"他者"视角，比如《远路去中国——西方人与中国皇宫的历史纠缠》，从元代写到民国末年，就是通过西方观察者的视角来看中国一些重要的历史节点的，去年出版的《隔岸的甲午——日本遗迹里的甲午战争》，也是基于同样的考虑，把视角转换一下，通过日本人的文化观来反观那场战争。这无疑给叙述带来极大好处，同时也让我对我们自己历史和文明的观察更加立体化。

　　相比于世界上一些半途夭折的古老文明，中华文明一路传承到今天，而且鲜活依旧，一个重要原因，是我们的文明自带一套调适、重塑自我的程序。这样的过程，主要是通过陆上和海上丝绸之路，也就是我们今天所说的"一带一路"倡议实现的。在这两条质感不同的丝路上，中国不仅输出了自己的文明，也见识了外国(西方)这个"他者"，进而对自己的文明做出调整和修正，完成新的塑形。

这使我们的文明既有硬度，也有弹性——或者说，既有稳定性，也有调适能力。我们的文明之所以能够绵延五千年一路传承到今天，正是这种稳定性和调适能力相互补充、交互作用的结果。只不过在有的阶段，稳定性占优，调适能力较弱，而在另外的阶段，情况则正好相反。

二

尽管"中国"在命名时包含了中原地区在文化上的优越感（"中国"的最初意思应当是指"中央地区"而非"中央之国"），但中国人的自我确认，毕竟是通过对外部世界的认知建立起来的。《诗经·鲁颂》中说："戎狄是膺，荆舒是惩。"①就包含"中国"人对周边族群的认知，他

---

① 《诗经》，下册，第873页，北京：中华书局，2011年版。

们的自我认知，也是对照着对"他者"的认知构建起来的。

边疆少数民族的参与和融入（战争也是融入的一种方式），使得华夏帝国的"雪团"越滚越大，逐渐完成了中国在地理上的文化上的塑形过程。比如，大唐王朝的那股浩荡之气，离不开北魏鲜卑时代文化上的渗入与铺垫。从北方大漠吹来的那股胡风吹进中原以后（北魏版图曾经推进到黄河流域），也为中原文明平添了一份岩石般的力量感，这一点，可以从山西云冈和洛阳龙门两大石窟中的巍巍造像中得以证明。北方鲜卑人的融入，修改了华夏文明的气质，为中国进入大唐盛世铺就了一条壮丽的大道。所以，许倬云先生说："'中国'并不是没有边界，只是边界不在地理，而在文化。"①

这是从我们文明的内部来讲，从外部讲，对于无法以文"化"之的更广大区域，中国也始终保持着文化上的互动，并重塑自己的文明。有人把中华文明称为同心

---

①许倬云：《说中国——一个不断变化的复杂共同体》，第54页，桂林：广西师范大学出版社，2015年版。

圆结构，核心明确而边缘模糊，中国的版图，也像大海潮汐一样，有涨有消，但不论怎样，中华文明始终是一颗跳动有力的鲜活的心脏，而没有沦为文明的木乃伊，两条丝路，则无疑构成为心脏提供动力的动脉和静脉（丝路并非只能两条，而是一个互相连通的复杂的网络），我们的文明每每在濒于衰朽时，都会被这两条血脉重新激活。

艾滋赫德在《世界历史中的中国》一书中写道："丝绸之路的重要性是文化上的，而不是商业上的。对丝绸之路的发展起真正作用的是希腊文化、中国了解异域的好奇心、佛教和基督教。"①

我们回看域外文明的几次大范围来华，都与两条丝路关系密切。一次是东汉以后佛教传入中国，形成了儒、释、道互补的文化格局；一次是西方传教士来华，如利玛窦、南怀仁等，虽然没有使基督教在中国取得佛教那样巨大的

---

① [新西兰] S.A.M. 艾滋赫德：《世界历史中的中国》，第 26 页，上海：上海人民出版社，2009 年版。

影响力，却让明朝士大夫见识了西方科学（尤其是地理学、天文学、几何学）的威力，带动了明朝经世致用学风的发展，在一定程度上平衡了宋明理学越来越偏向高蹈虚无的风气，才有了我们今天所见徐光启的《几何原本》、徐霞客的《徐霞客游记》这些求真务实的著作。当时士大夫眼睛只盯着四书五经、圣人之学，认为西方科学都是"奇技淫巧"，逗人玩儿的小把戏，徐光启却说："无用之用，万用之基。"意思是说，这些看上去无用的学问（主要是不能考取功名），才是学问的根基。

在《盛世的疼痛——中国历史中的蝴蝶效应》这本书里，我写过一个细节，第一个睁眼看世界的中国人，不是林则徐，早在林则徐之前的明代万历十一年（1583），肇庆知府王泮就从意大利传教士利玛窦为他绘制的世界地图上，第一次看清世界的模样，并第一次认识到，自己的帝国并不处在世界的中央。

还有一次，就是1840年鸦片战争至1894年甲午战争，一系列战争，引起"西学东渐"。甲午战败，使中国人不仅睁眼看西方，也第一次睁眼看东洋。甲午战后，日本成

西方人绘制的利玛窦与徐光启像

为中国人的第一留学目的地，19 世纪、20 世纪之交，在日本狭小的空间内，拥挤着来自中国的几代革命家（孙中山、蒋介石、陈独秀、周恩来、张闻天等）和几代文化巨匠（康有为、梁启超、王国维、鲁迅、周作人、郁达夫、李叔同、郭沫若等）。20 世纪的中国历史，就是在日本，隐隐地现出雏形。

当然，上述外来文明奔袭中国，进而修改、重塑中华文明，深度、强度各有不同，但它们是始终沿着两条丝路进行的。第一次是陆上丝路，从印度出发，经西域进入中土（我曾经沿喜马拉雅山麓进行探访，发现多条穿越喜马拉雅、从印度次大陆进入西藏的山谷，进而证明佛教文明存在着自喜马拉雅南麓直接传入北麓的可能）；第二次是海陆结合，西方传教士有的经由陆路，有的经由海路进入中国；第三次完全是通过海上。

这两条丝路，使得中国不能被简单地称为一个"封闭的地理单元"，也不能简单地把"闭关自守"当作我们文明的特征。《逸周书》里就记录过周武王（一说周成王）时八方进贡的热闹场面，《山海经》的记载远远超越了目验的范围，其中记录的山形海景仿佛古人炫耀其旅行经历的导游图；汉武帝派遣张骞通西域，也是因为他听说在中国之外还有一个文明世界，而主动进行的探寻。"闭关"，只在某些时段中存在。

为了表明我所言不虚，我在这里抄一段法国著名汉学家、法国科学院院士谢和耐的话，他的《蒙元入侵前夜的中国日常生活》一书开篇就说："人们惯常妄下结论，以为中华文明是静止不动的，或者至少会强调它一成不变的方面。这实不过是一种错觉而已。"还说："事实上，（中国）每个时期都自有它独具的风貌，甚至唯独适于它的环境。"①我们一谈到中国古代文明，就会想到"闭关自守""东方专制主义"这些负面概念，前不久读新加坡国立大学郑永年教授的文章，主张用"东亚模式"这个中性概念置换"东方专制主义"这个主观性极强的概念，我深以为然。

①［法］谢和耐：《蒙元入侵前夜的中国日常生活》，第1页，北京：北京大学出版社，2008年版。

广州欧洲工厂林立，珠江商船如织。英国画家威廉·丹尼尔
（William Daniell）绘于 1805 年

三

　　有些年，学术界把中华文明归纳为"危机—反应模式"，意思是说，我们文明的每一次自我调整，都是以外来的危机为前提的，把我们文明的延展描述为一种被动的表达。对此，我并不认同，因为我刚才提到的前两次调适，虽然潜伏着某种文化危机，比如儒家文化侧重于社会人伦关系，道家崇尚自然，加上世道离乱，佛教的传入，刚好弥补了这一精神缺失，但这种文化缺失，绝非整体性的危机，因此中华文明有很强的自生性、稳定性，也有调适和重塑的能力，比如佛教传入中国后，中华文明又将许多老庄的思想资源融入进去，让佛教更加符合"中国国情"，进而化为自己文化的一部分。只有最后一次（鸦片战争、甲午中日战争）是例外，中华民族到了亡国灭种的边缘，说明了文化上自我调适的能量和活力都在下降，但此种机能并没有消失，经过长达100多年的努力，终于完成了对文明的新一轮重塑。

　　以上所论似乎跑题了，因为我们今天的主题是文学。但中国的文学，也是在这样的背景下展开的。在这样的框架下梳理一下我们的文学史，也并不困难。所以我可以用文学史的知识，把前面的话重说一遍。今天的"一带一路"倡议，无疑为我们的文学拉长了景深，从一个更久远的距离回望自身的存在。这纵深既是时间上的（从丝绸之路到"一带一路"倡议，至少跨越了两千年），也是空间上的（"一带一路"倡议将影响到60多个国家，覆盖44亿人口）。尽管当今的世界不比古代，全球化加速了它的同质化倾向，交通的便捷可以把我们送到世界的任何角落，域外文明所带来的震撼也未必比古代强烈，但是我想，文明的异质性仍然存在，它扎根在不同种族的心灵血脉里，是永远也取缔不了的。只有文学，能在深入到文明交融和演变的最细微处，这一点，无论传媒如何发达，都代替不了。因此，我相信"一带一路"，会像千百年前的丝绸之路一样，打开我们的视野，也会给文学带来更大的机会。

原载《文艺报》2015年6月19日

小说中的对话

第二编
记忆与当代

　　高尔基在《我的文学修养》中谈到巴尔扎克小说时写道："在巴尔扎克的《鲛皮》①里，看到银行家的邸宅中的晚餐会那一段的时候，我完全惊服了。二十多个人同时在喧嚷着谈天，但却以许多形态，写得好像我亲自听见。重要的是——我不但听见，还目睹了各人在怎样地谈天。来宾们的相貌，巴尔扎克是没有描写的。但我却看见了人们的眼睛、微笑和姿势。我总是叹服着从巴尔扎克起，以至一切法国人的用会话来描写人物的巧妙，把所描写的人物的会话，写得活泼泼的好像耳闻一般的手段，以及那对话的完全。"

　　《我的文学修养》是鲁迅先生翻译的，他在译后写下了相同的感受。他说："中国还没有那样好手段的小说家，但《水浒》和《红楼梦》的有些地方，是能使读者由说话

―――――――――――――
①通译《驴皮记》。

《十二金钗图》，［清］费丹旭，故宫博物院藏

看出人物来的。"他还进而联想到："在上海的弄堂里，
租一间小房子住着的人，就时时可以体验到。他和周围的
住户，是不一定见过面的，但只隔一层薄板壁，所以有些
人家的眷属和客人的谈话，尤其是高声的谈话，都大略可
以听到，久而久之，就知道那里有那些人，而且仿佛觉得

那些人是怎样的人了。"①

古典小说中，《红楼梦》的对话最好——即使不看面孔，我们也绝对不会将小布尔乔亚的林黛玉同团支书似的薛宝钗混淆起来。现代作品中，最讲究对白的是老舍。凸凹的《生门》（原名《慢慢呻吟》）之成功，一半得归功于其中对话的魅力，尽管那些都是村人土语，却仿佛整个生命中的苦痛与欢欣，都在张口闭口之间倾吐；仿佛每字每句，在那特定的时空中都凝结成永恒的人性之花。还有，独白也是一种对话，是主人公同自己的对话，比如鲁迅先生《狂人日记》中狂人的精神独白，在黑沉冷凝的夜的底色里颤抖，颇令人感到一种从身体的腔腔深处发出的恐怖哀鸣。

诚然如鲁迅先生所说，"北极的遏斯吉摩人和非洲腹地的黑人……是不会懂得'林黛玉型'的"②，然而人

①鲁迅：《看书琐记》，《鲁迅全集》，第 5 卷，第 530 页，北京：人民文学出版社，1982 年版。
②鲁迅：《看书琐记》，《鲁迅全集》第 5 卷，第 530 页，北京：人民文学出版社，1982 年版。

物的谈吐倘不能表现生命的原生态，那样的文学也必不
是成功的文学。王朔、王小波作品中大量的反讽语言会
让中国读者觉得幽默和深刻，译成外文则未必，但是那
种荒诞的状态，我相信卡夫卡是读得懂的——语言的枝
叶虽然千变万化，灵魂的根系却在土壤深处相连。什么
时候小说中的语言都像托福考试一样标准化了，什么时
候文学就不存在了。

尽管文学的本质是反对"标准化"的，然而对文学进
行规范却一直没有中断，在中国的 20 世纪 50 至 70 年代更
达到极致。那个时代成长起来的作家，虽然今天依旧活跃，
且文学意识亦有进步，却很难摆脱从前编定的程序的控制，
他们承担了时代的错误。

战争与文学

第二编
记忆与当代

这是我第一次来到越南，一个阳光明媚、鲜花盛开的国度。然而，不知为何，一提到越南，我首先想到的是战争。

在我的童年，我看过一部越南电影，如果没有记错的话，它的名字叫《火》。在那部电影里，我第一次知道，越南这个国度曾经是二战以后最惨烈的战场。在我的成长年代，"援越抗美"一直是国家最响亮的口号。那是一个英雄主义时代，一个东南亚农业国，挑战着世界上头号工业强国，来自热带丛林的枪声曾经让许多中国青年热血沸腾。后来，在美国好莱坞电影中，我又从另一个视角，一次次地重温了那场战争。上大学时，拥挤在电教室里观看科波拉《现代启示录》的情形历历在目，我想，越南的同龄人，观看好莱坞的越战电影，一定又是一番感受。其实那场战争也已经过去几十年了，战后出生的越南人，恐怕也已经人到中年。今天的越南青年，如同中国的"80后""90后"一样，时尚、浪漫，对新事物充满渴望。我不知道在这样的背景下，今天的越南人是如何看待、回忆、书写那场战争的。现实的歌舞升平那么容易遮蔽战争的伤痛，只消一代人的工夫，人类就可以把苦难的记忆涂抹干净，在这样的气氛下，谈论战争似乎有些不合时宜，但是在我的心里，那场战争并未走远。说不定在哪一个早晨，电影里的炮弹，就会落在我们的身边。

我小的时候，母亲曾说，希望我这一代人不要赶上战争。我的母亲是军人，我的父亲和外祖父也是。我的父母都没上过战场，但我的外祖父曾经参加过解放战争，也去过朝鲜战场。我出生后不久，由于中苏战争一触即发，我父母所在的原沈阳军区，已经进入一级战备，随时准备开赴前线。我母亲说的话，似乎不太合乎一个军人的身份。但在军人之外，她首先是一个母亲。她的心愿，应该是天底下所有父母的心愿。

尽管我从小就渴望成为一名军人，但我最终还是没能穿上军服。在命运的起承转合里，我成了一个写作者，通过一本一本的书，表达自己对世界的认识。于是我发现，战争，为文学提供了最丰富的写作资源。最震撼的场景，最传奇的故事，最复杂的人性，都需要从战争中获得。但

日文版《机密日清战争》书影，伊藤博文著，祝勇摄

我们都知道，作家们并不是在讴歌战争，相反，在每一次对战争的表达里都埋藏着和平的箴言。只要有作家在，战争的记忆就不会真的被涂抹干净。它会在一分钟内抵达我们身边——当我们翻开书页，或者面对屏幕的时候。

我时常想，与军人相比，一个写作者的力量是那么的微薄。不仅在枪炮面前不堪一击，即使在这个娱乐至上的时代里，文学的根基也在一点点被掏空。无人倾听，几乎成了许多作家共同面临的困境。但相比之下，我们的境遇，比起那些身临战争的作家，还是好了许多。二次大战期间，有多少写作者在炮火之下仓皇奔走，流离失所。但他们依旧是强大的，因为他们有爱和信念，以微弱之躯抵抗着世界的沉沦。世界越是荒诞，越是残酷，文学的价值就越大。因为只有文学，能够关怀人的精神世界，让人不会沦为一个被生存欲望主宰的可怕怪兽。

像越南一样，在过去两个世纪中，中国同样经历了太多的战争。今年(2015 年)是中国在甲午战争中战败120周年，也是在抗日战争中胜利70周年，那么多的战争，密密麻麻地叠压在中国的历史中，曾经让这个古老的国度步履维艰。

　　去年，在中日关系最紧张的时候，为拍摄《甲午战争》纪录片，同时写作一本书，名叫《隔岸的甲午——日本遗迹里的甲午战争》，我两次前往日本。我开玩笑说，这是"深入敌后"。然而到日本后，我发现那里的人民是那么的友善，生活是那么的平静与祥和，与我想象中的"鬼子"形象完全不同。我看到无论钓鱼岛争端如何"剑拔弩张"，长崎市依旧按中国人的方式欢度春节，90岁的老市长本岛等依旧在7月7日抗日战争全面爆发的日子，前往长崎原子弹中国殉难者墓碑前献花。作家们对战争的书写，是对战争悲剧的提醒，却不是对仇恨的煽动。靖国神社里，的确不乏热衷战争的狂热分子，但他们不能代表日本人民发言。实际上，在我所接触的日本人中，没有一位是支持与中国再度开战的。在有些情况下，说出和平这个词也是需要勇气的。我想起一位作家说过，"真正的英雄并不坐在坦克里，也不捧着炸药躲在街角，而是那些冒死呼唤和平的人"。

　　我不相信文明的本质是冲突，而是相信人类的共同性大于彼此之间的差异性，相信任何冲突都可以在文明的对话中化解。我相信文字的力量比枪炮的力量更大，因为它承载着人们普遍认可的价值，用中国圣哲孔子的话说，就是"己所不欲，勿施于人"，用法国古典主义文学家弗朗索瓦·费奈隆的话说，就是"世界上所有的战争都是内战，因为所有的人类都是同胞"。

写作者蜷缩在世界的一角，但他们不是可有可无的，如麦家所说的，它使"我们有了在苦难中仍然热爱生活的信念和梦"[1]。哪怕我们的作品只影响到一个人，这个世界就会多一份和平、合作、发展的机会。这才是我们这个时代里所需要的英雄，也是从事文学事业的幸福与光荣。

---

[1]麦家：《文学和现实的关系》，见《非虚构的我》，第139页，广州：花城出版社，2013年版。

写作什么最重要？我回答了一个字："诚"。诚，就是诚实、诚恳、真诚。《中庸》里说："诚者自成。"所有的成功，假若没有了诚，就不能算是真正的成功。

第三编

依附于文学

Attached to
Literature

同质化的时代我们怎么写

第三编
依附于文学

236 / 237

一

今天发言的很多作家，都不约而同地谈到了世界的同质化的问题，就是说，在全球化的背景下，主流文化对地域性亚文化的强势侵犯，使后者被稀释、消解，世界越来越变得相似，"他乡"和"故乡"的区别越来越小，曾经支撑我们写作的传统乡愁——那种在相对封闭的时间与空间里绵延下来的对乡土和家族的记忆，也丧失了最后的根据地。于是文学遭到架空，变成了"幻城"，而不再像植物的根部，深深扎根在土地里，长出千姿百态的生命。

对于这种同质性，我没有异议。早在十几年前，敬泽就描述过这样的处境："你将不能离开，也无从抵达，因为所有的城市都将是一个城市，那柏拉图式的普遍化大城正抹平时间和空间，浩浩荡荡地占据每个古老城市的名字。"①几乎每一个怀有文化乡愁的人对此都深有同感。但今天，我想说的不是这些。我想说，这种同质性，其实并不是世界的全部，我们还是应该看到异质性的存在——那种存在于每一方地域、每一种文化、每一个生命个体之中的异质性，其实并没有消失，只是转换了存在的方式，由显性的变成了隐性的，比如建筑、风俗消逝了，但它们背后的情感和思维方式仍然存在，而且一定会通过其他渠道得以表达。因此，地域的差异、文化的个性，并没有被全球化全然抹杀，它们是一直存在的，我并不觉得它们有消失的打算。

二

譬如好莱坞大片，几乎塑造了商业电影的标准模式，在世界范围内，所向披靡。如今世界上有多少影迷不知道《复仇者联盟》？想当年，卡梅隆凭一部《阿凡达》打遍

①李敬泽：《大地上的标记》，见《冰冷的享乐》，第175页，昆明：云南人民出版社，2001年版。

世界，创造票房高达 27.88 亿美元，用这笔钱，可购得 270
多架美国"死神"无人机。好莱坞电影有如此气吞万里如
虎的力量，千千万万种原因中，有一个原因是，它尽可能
把文化的差异抽取出来，以换取最大公约数。在这样的电
影体制中，（剧本）写作已经不再是写作者个人的事，也
不是对人和事件的独特表达，而是成为一种工业化的流程，
与苹果手机和麦当劳的生产没有太大的区别。甚至有编剧
软件出现，对剧本的生产进行规范化的干预。

　　在美国电影类型片中，爱情片照顾的永远是大多数，
因为爱情是全世界人民共通的情感，不需要翻译，也无须
太多的文化背景。动作片很简单，惊心动魄地打上几场，
一部电影就看完了。科幻片谈未来，与历史、与文化差异
基本没啥关系。动画片就更不用说了。总之，美国电影是
很少谈历史、谈文化、谈乡愁的，那些复杂的、差异化的
文化背景是要尽可能抽空的。即使涉及少数族裔的文化，
也尽可能与世界性的话题相关联，比如《风语者》。美国
也有历史大片，但历史大片中，第二次世界大战题材占据
压倒性优势，因为第二次世界大战本身就是世界性的话
题，全世界都看得懂。

世界主流文化之所以强势来袭，是因为它们本身是有取舍的。这种所谓的覆盖率，背后一定是有牺牲的，这种牺牲，就是文化的差异性。因此，美国电影与欧洲电影、伊朗电影全然不同；奥斯卡奖，也与戛纳奖永远不是一码事儿。或许，这反而成了美国电影的个性，就是浑不吝。好莱坞的路数，一眼就能看出来。当然美国电影是复杂的，也有人文气息浓厚、个性十足的烧脑影片，像大卫·林奇的《穆赫兰道》、克里斯托弗·诺兰的《记忆碎片》、米歇尔·冈瑞的《美丽心灵的永恒阳光》等。总之我们可以看到，所谓的同质化也有它的短板，就是它再周到，也不能照顾到所有人，因为每个人都是带着各自的文化背景、地域烙印和精神需求进入一部电影的，它们对一部电影的判断，永远不可能绝对的同质化。一部大片，也不可能催眠、同化每一个人。像《复仇者联盟》《美国队长》这样的电影我就看不下去，就像我们的《幻城》只能让我头疼一样。因此，同质化是有边界的，我们不能只看到所谓的同质化，而看不到同质化背后的暗流涌动、人声喧哗。

三

因此，我认为，我们不能被所谓的同质化所蒙蔽，只看到世界同质化的一面，而忽略了同质化背后巨大的差异性。这个世界越是同质化，我们就越要发现、书写和强调差异性。假如说，抹平区域之间的文化差异，是所谓主流文化的叙述策略，那么彰显文化与人的特有的处境，就是文学应当承担的责任——至少是之一。

有人提醒我，像我那样写历史只能是死路一条，因为我笔下的历史，与具体的人、事件关系太紧密，不仅非虚构作品如此，连《血朝廷》这样的虚构作品，虽然增加了许多想象的成分，但小说里的历史环境甚至于衣食住用，都是具体的。但高明的人说，外国人永远不会分清楚鸦片战争与甲午战争，也搞不清明朝和清朝哪个在前，外国人知道故宫、知道长城就不错了，因此，要吸引他们的眼球，就不能依赖于这个民族文化中自然生成的历史，而要完全

故宫书店一角

虚构、空降一个更加玄幻、更有"普世性"的历史。于是，我的写作，就被宣布为一种与商业化背道而驰的路线，注定不可能占有更大的消费群体（实际结果也是如此），相比之下，郭敬明《幻城》这样的作品，显然更具有畅销的品质，也更容易成为"主流"。

但是，我仍固执地认为，文学所描述的处境与命运，都应当是在具体的现实中生成的，把具体的环境（历史的或现实的）抽空了，生命就失去了水土，人就成了僵尸。表面上，我们处在一个完全相同的时间与空间中，全球化已经把地球变成一个村，我们住在相同的城市里，挤相同的地铁，吸相同的空气，说相同的流行语，于是，我们的命运似乎就应该是相同的，但真实的情况却是，我们的命运不仅不那么相同，而且有着天壤之别。在上海，一个拥有房产和没有买房的人，他们的乡愁是不同的。一个看似同质化的时间与空间，并没有生产出同质化的生活与命运，人与人、群体与群体、地域与地域之间的差别比房价的差别还要大。

当然，我们也有需要面对的共同命运，我刚刚对差异性的阐述，也并不是强调生活中的那些无关宏旨、互不关联的鸡零狗碎，而是指那些有意义的差异，进而通过那些有意义的差异，建构起我们对于我们身处的世界更加深刻的、而不是人云亦云的认识。作家的意义在于，他能够在这个熟悉的世界之上建立一个陌生化的世界，那个世界与我们现实中真实的世界不同，但又有联系。那联系是神秘的、无法割舍的。

本文为作者在 2016 年中国作家协会

"内地与港澳文学对话"活动上的发言

2016 年 9 月 13 日根据录音整理、修改于北京

网络时代的写作

第三编
依附于文学

一

　　拿微博当作品写，我见过的，至少有两个人，一位是严锋，另一位就是宁肯。我追着他们的微博，一直读了很多年，直到有一天，我从宁肯的微博上得到一个消息：他把这些微博编辑了，名字叫《思想的烟斗》。他说："它们的主要特点是在场的、瞬时的、伴生的、稍纵即逝的。它们让思想不再孤单，常常像吸一支烟。对，是思想的烟斗，没事就端上一会儿。特别在失眠的早晨，这烟斗忠实，无语，一如自己的影子。"①

　　出版微博集的，宁肯应该是第一人（之前演员徐静蕾曾将自己的博客出书，叫《老徐的博客》）。这至少证明

———————————

① 宁肯：《思想的烟斗》，第 2 页，北京：商务印书馆，2015 年版。

了纸质书的价值，即使在网上发表的文字，对于一个写作者来说，最终还是要落在纸上，才能变成真正的文字，而不是风吹即散。尤其是像宁肯这样的写作者，对文字始终怀有深深的敬意，从不去写过期作废的文字，不会制造文字垃圾，因此，他写微博，固然是一种化整为零的写作，但它仍然是写作——宁肯称之为"微写作"，与他庞大、艰难的长篇小说写作形成互补。

二

我喜欢宁肯的文字，首先是喜欢他文字里有一种独特的敏感。十几年前读到宁肯的散文《藏歌》，第一句话就把我震住了："寂静是可以聆听的，唯其寂静才可聆听。"他接着说："一条弯曲的河流，同样是一支优美的歌，倘河上有成群的野鸽子，河水就会变成竖琴。"[①]我不是说他文笔好，我是说他感觉敏锐，仿佛他的身体里，暗藏着

---

①宁肯：《藏歌》，原载《散文世界》，1987 年第 4 期。

一套机敏的感观设备，随时准备接收外部世界的信号，把自然世界的风吹草动、光影变幻，都浓缩在140字的微博里。

在微博里，他曾这样描述鸟声："在陌生的土地，早晨的鸟叫是全世界通行的语言，即使英语再通行也无法与之相比。我听不懂英语，但窗外，雅加达雨后树上的三种语言我都听懂了，画眉、雀、燕子谈论早晨、天气，但主要是梦，交换昨天晚上的梦。即使它们不是云居的鸟，北京的鸟，我也认识它们，听得懂它们，虽然它们在任何地方都不认识我。"①

我能想象他写下这些文字时的表情——沉静似水，其实是没有表情，像一个制表的技工，用有形的零件来对应无形的时间，他沉浸在自己那个复杂而精密的系统里，不能自拔。

然而，与外部世界的丰沛灿烂相比，宁肯更关注内部世界的隐秘幽深。在微博这个"烟斗"的帮助下，他时常

---

①宁肯：《思想的烟斗》，第308页，北京：商务印书馆，2015年版。

会思考一些问题。这些问题零零散散，不成系统，却无孔不入，时常令我茅塞顿开。比如："为什么面对老建筑，会多少有点像面对自然界的事物？"他给出的解释是："时间赋予它们生命。老建筑或老城市附着了时间，而时间恰是一切事物活性的媒介。"[①]还说："环境比人老，人才有安全感，现在是人比建筑老。当人成为古老的事物，周围都很年轻，是一种怎样的'孤独'？"[②]

宁肯的文字从来都是向内的，无论小说、散文还是微博。这使他的微博具有一种安静的力量。19 世纪以来，从曹雪芹到鲁迅，从托尔斯泰到麦克尤恩，文学都是在向人类精神的内部拓展的。尤其弗洛伊德精神分析学和荣格心理学对文学产生的影响，使文学的内向性变得更加明显。这种转向改变了我们对于故事的看法，无论是《复活》还是《赎罪》，所谓的故事，就是围绕内心的困扰与救赎而展开的日常生活，而不再是那些猎奇、疯狂、吸引眼球的事件。即使《战争与和平》这样的历史巨制，对于战争的描述也不倾向于外在的英雄传奇，而是精神上的探寻与自

---

①宁肯：《思想的烟斗》，第 22 页，北京：商务印书馆，2015 年版。
②宁肯：《思想的烟斗》，第 337 页，北京：商务印书馆，2015 年版。

省，安德烈在负伤后独自躺在树林中，对生命与死亡的思索，更成为文学史上的不朽经典。

　　宁肯自然深谙这一点，他也在微博里提醒自己："如果故事性太强，或过险，就应想方设法消解故事，而不应再增加'故事性'。"①他的小说就是心灵的小说，他的散文也是心灵的散文，他的微博，也不只是对现实生活的简单记录，而是变成了散文。他通过微博，扩大了散文的领地。

---

① 宁肯：《思想的烟斗》，第 315 页，北京：商务印书馆，2015 年版。

《行书思无邪》轴，［明］崇祯，故宫博物院藏，令洋摄

三

　　即使像宁肯这样的纯文学作家，也不能无视网络这种新媒体的强大。那么，网络这种新媒体会在多大程度上改变我们的写作呢？人类的书写，从来都是因媒介而变的。从青铜、石鼓、甲骨、竹简、布帛到纸页，不同的材质，为书写提供了不同的语法，也把书写带进了不同的时代。我们痴迷于辉煌的纸上文明，它给我们带来书画的斑斓与书卷的风雅，但这样的纸上文明，也只是书写文明的一个阶段而已。它会来，或许，也终会去。置身网络时代，网络这种新媒体，也会将书写纳入自己的规则。

　　在未来的文学史里，网络写作是否会像唐诗宋词元曲、明清小说散文那样成为正统和主流，像白话文取代文言文那样，取代今天的纯文学？

　　从外观上看，网络给书写（乃至给文学）带来的影响至少有两种：

　　一种是短。与过去的读者相比，当下的人们似乎失去了阅读的耐心，他们不再能够读《战争与和平》那样的鸿篇巨制，而只愿意读轻快短文。微博的字数，每段不得超过 140 字，当然，微博的书写通常不属文学的范畴，但网上文章，比如一些网站上的作家专栏，一般也不长，适合人们匆忙扫视，速战速决。

　　还有一种是长。网络文学，比如惊悚、灵异、玄幻，往往越写越长，单部作品都达到数百万字。一个资深一点儿的网络写手，常常有着数千万字的作品量。这样的长度，在中国文学史上也是前所未有的。这是因为网络写作不需要借助物质化的载体，而且书写和传播更便捷。

　　在这两种极端化的变化之下，潜伏着一种更加深刻的变化，就是它把写作引向外在的欢乐。起伏多变、离奇怪诞的故事情节，或许会给阅读带来愉悦，这当然不坏，但对于文学，还远远不够。因为它不思考问题，所以它无论把故事写得多么复杂，也是简单。篇幅的缩短或者延长只是数量的变化，而与品质无关。它把由唐诗宋词、《红楼梦》缔造的博大而精微的中国文学，拉回到评书话本和志怪小说的段位上（我并无否定通俗文学之意）。网络文学与纯文学区别，并不是前者使用浅白的网络语言而后者使用有质感、有厚度的文学语言，而在于前者放弃了对人类现实的深刻描写和对人类处境的深度追问。真正的文学从不炫耀自己的肢体和肌肉，但它的力量是内在的。尽管有网络文学作家试图观照人的生存状态，有的也渗入一些家国关怀，但它们总的方向是与纯文学的方向相背的，因此它固然可以丰富人民群众的业余文化生活，却很难承担文学的使命。

四

我这么说并非只是出于个人的阅读判断，科学家也证明了，互联网正使人类失去共情能力。共情能力，也叫同理心，或叫共情，是一个人理解他人的立场和感受的能力。2015 年 7 月发表的一项最新研究中，科学家首次调查了中国年青一代使用互联网与共情水平的关系，发现大学生中病理性互联网使用（PIU）越多的人，共情能力越低。德国年轻人中存在同样的现象。美国大学生的共情水平自2000 年以来下降了 40%[1]。

网络给我们造成了一种社会生活的幻觉，比如我们可以通过微信、微博与成百上千的人联系，通过手机上的应用程序建立起自己的社交圈，但无论众声如何喧哗，也只是一种幻觉而已，我们还是孤独的。加拿大麦吉尔大学的神经科学家丹尼尔·列维京说，这是一种社交错觉。我们花更多的时间独处，却以为我们处在社交之中。他认为，这让我们更加难以设身处地理解他人的感受。

此外，共情能力的下降，与阅读虚构类书籍（小说等文学作品）的数量下降有关。研究表明，阅读虚构类书籍的人，其心灵内化的能力更强。这可能暗示了人脑在试图理解虚构人物心理的过程中，心灵内化的能力是可以通过训练获得的。而

---

[1]黄永明：《互联网使人类失去共情能力》，原载《南方周末》，2015年 8 月 20 日。

心灵内化是共情能够产生的必要过程之一[①]。

总之，我相信网络文学与纯文学可以并存，也相信网络可以在一定程度上改变我们的书写——就像我们已经看到的那样，但我不相信这种新媒体会彻底改变我们的写作，甚至彻底终结纯文学的道路。我不相信它是文学未来的方向，最多只能相信它是未来方向的一部分。

五

我刚才说，宁肯的微博，文字是向内的，充满沉思的力量，那是他文学的延续，如他所说："通过文字的缝隙，可以进入未知的灵魂。慢慢地探测——这个过程与其说是发现，不如说是创造。"[②]它在形式上遵从了这个时代的法则（比如"微写作"），但在这法则之下，他坚持着自

---

①黄永明：《互联网使人类失去共情能力》，原载《南方周末》，2015年8月20日。
②宁肯：《思想的烟斗》，第315页，北京：商务印书馆，2015年版。

己的法则，甚至，在用自己的法则（也是文学的法则）影响和改造着网络的法则。无论时代如何变幻，他从来没有怀疑过文学的力量，他没有在急速变化的时代里丧失自己的听力、观察力和判断力，宁可接受寂寞和冷清，也不能接受哗众取宠和避重就轻。他以网络写作（微博）的方式，与网络写作划清了界限。

他是宁肯，所以，他宁肯如此。

长达一生的写作

第三编
依附于文学

故宫书店外景

一

认识舒晋瑜，想必有十几年了吧。这么多年，她编稿、采访、写大块文章，名字时时可见，却从不声张。施战军说她："敬业、专业，深谙、深爱，才有可能真切体察文坛情势，真心体恤创作甘苦，真实体会作家心迹。"可谓敬业爱岗模范。我甚至觉得，在这个世界上，只要离不开书，就离不开舒晋瑜。她姓"舒"，工作在《中华读书报》，一切，都恰到好处。

《说吧，从头说起》，是舒晋瑜刚刚出版的一部文学访谈录。在这本书里出现的作家有阿来、陈忠实、迟子建、方方、格非、韩少功、贾平凹、莫言、苏童、铁凝、王安忆、张炜……皆是中国文坛上的显赫人物，舒晋瑜有幸成为他们唯一的倾听者。

　　罗兰·巴特曾经把倾听与言说放在同等重要的位置上，认为倾听者的静默与讲话者的言说将是一样的举动，"倾听的自由一如言说的自由，是必不可少的。"①

　　舒晋瑜的倾听和作家们的言说是互相生成的。她的倾听是一个容器，容纳了作家们的述说。这缘于舒晋瑜的亲和力和职业素养。格非说她："与舒晋瑜聊天的时候，时间通常会过得很快。她的专业素养、判断力以及对文学的理解，都无可挑剔。"面对她，作家们可以无话不谈。

　　而我们，则是在舒晋瑜的倾听里倾听。

　　倾听关于写作的秘密。

---

① [法] 罗兰·巴特：《倾听》，见《明显与暗钝》，第 230 页，巴黎：色伊出版社，1982 年版。转引自屠友祥：《〈S/Z〉、〈恩底弥翁的永睡〉及倾听》，见《S/Z》，第 13、14 页，上海：上海人民出版社，2012 年版。

二

　　前不久，中国作协、鲁迅文学院办香港作家班，拉我去讲散文。我开场就说，写作是一件神秘的事情，没有规律可循，没有秘笈可传，许多东西只可意会，不可言传。经验只深藏于个人的内部，一经说出，就会失效。

　　它是一只黑箱，在它的内部，伸手不见五指。

　　这有点故弄玄虚，但这是实情。

　　技巧、训练，固然都很重要，但它们是不能孤立的，不像做饭、绣花，熟能生巧。

　　文学不可学，在这一点上，文学与其他所有的"学"都不一样。

王安忆在访谈中也说过这样的话。她说："作家不能教，和才能有关系……凡创造性劳动似都倚仗天意神功，不是事先规划设计所能达到的。"①

它的神秘性，有时甚至连作家本人都无法解释。

对此，莫言说："《蛙》是很技术的写作，写得很冷静，很慢；写《生死疲劳》的时候感受到激情和灵感，是感性的写作，可遇而不可求。我也希望能有像《生死疲劳》的放松和灵感，一年哪怕来一次也行。"②他很怀念写《红高粱》的日子，觉得那时"手握真理，脚踏行云，天马行空。现在越写越老实，老觉得当初的写法不对"③。

40多年前，马尔克斯也说过类似的话。他说："坦白说，写作恐怕是这世上唯一越做越难做的行当。当年那个短篇，我坐一下午，轻轻巧巧就写完了；可如今，写一页纸都要费我老大的劲。我写作的方法便如刚才所说：事先根本不

①舒晋瑜：《说吧，从头说起》，第280页，北京：作家出版社，2014年版。
②舒晋瑜：《说吧，从头说起》，第213页，北京：作家出版社，2014年版。
③舒晋瑜：《说吧，从头说起》，第216页，北京：作家出版社，2014年版。

知道要写什么，写多少……"①

　　写作这事，许多人可能想了一辈子也没想明白，可是依旧在写，原因在于写作的魅力，就藏在这种神秘性中，模模糊糊、云山雾罩，甚至还有点非理性。它的每一步都需要摸索，即使总结出若干要领，那也只适用于他个人，未必放之四海皆准。写作这事，各村有各村的高招儿，所以，余华一本散文集的名字是"没有一条道路是重复的"。

二

　　假如一定要说出一条规律，或许只有一条是铁定的，那就是写作的成功，依赖天长日久的坚守。

　　要写作，就要有决心把牢底坐穿。

---

① [哥伦比亚] 加西亚·马尔克斯：《我不是来演讲的》，第 8 页，北京：南海出版公司，2012 年版。

韩少功说，从最初的写作到现在已经 40 年了，"差不多是一场文学马拉松。好在我是慢跑，体力上还扛得住，没有退出得太早而已"[1]。

贾平凹也说："我在二十多岁的时候，对文学充满了兴趣和幻想。而这种个人的兴趣和幻想，随着年龄、阅历的增长，逐渐意识到了写作是职业，也是事业的社会责任感和使命感。我也曾经历了十分痛苦的抉择。树木、花草、庄稼都还是才冒出土地的嫩芽时，看似一样，这就曾使我轻浮和狂妄，以为自己也将了不起，无所不能。但这些嫩芽长到了一定的高度，它们就分出了树木、花草和麦子谷子，才知道植物都长成什么样子，多高多粗，结什么果实，那是品种决定的。看古今中外那么多的天才作家和天才作品，而自己原来是那么柔弱和渺小的种类，这又曾使我垂头丧气，饱受打击。我能不能还写下来？"[2]

舒晋瑜的谈话对象，大多有着长达 40 年的写作经历。20 世纪 70 至 80 年代他们写得好，如今写得更好。像莫言，

①舒晋瑜：《说吧，从头说起》，第 116 页，北京：作家出版社，2014 年版。
②舒晋瑜：《说吧，从头说起》，第 176 页，北京：作家出版社，2014 年版。

38 岁写成《红高粱》，几乎已成一个无法企及的高峰，但他在 50 岁时又写了《生死疲劳》，想象丰沛，笔墨带血，那是因为 50 岁时，他对人世的观察更加深刻和透彻，所有这些体察都会化作个人经验，通过他的笔得到了落实。

一个人的写作史，与他内心的成长，是那么的浑然一体。

写作的长久，出于对这项事业的敬畏。

它不是儿戏，不可能一蹴而就。

尽管文坛有时会炮制一夜成名的神话，但文坛同样有健忘症，时过境迁，多少响亮的名字都被忘得一干二净。对于一个制造过神话的作家来说，他得到的和他将失去的可能一样多。贾平凹说："几年不写就把你忘记了。他们一拨一拨人往上上，你想，现在'80 后'和'90 后'都在写了，你再不进步人家早把你捧上了。"①

———————————

① 舒晋瑜：《说吧，从头说起》，第 276 页，北京：作家出版社，2014 年版。

所谓的杰作，就是在漫长的写作中自然而然地产生的。有点儿像射击，本身是一个有意识的行为，但叩动扳击那一刻是无意识的，屏住呼吸瞄准时，下意识地扣动扳击。真正的射手，都是如此。

至于哪一部作品成功，哪一部作品失败，这并不重要。

归根结底，作家不是靠一部作品来计算成绩的。

作家的成绩册是以一生为单位的。

四

我甚至认为，真正的写作，要到 40 岁以后才能开始。

此前全是准备。

40 岁以后的作家，相当于 10 多岁的体操健将、20 岁的球星、30 岁的演员、50 岁的官员、70 岁的中医、90 岁的国学大师，那是他一生事业的黄金期。

40 岁以后的作家，经验和体力刚刚合适。

40 岁以后的作家，模仿的成分少了，自我的成分多了；华丽的成分少了，朴素的成分多了；冲动的成分少了，自由的成分多了。

对于那些"像少年啦飞驰"的作家，我总是心存怀疑。

当然，我可能是以己度人了。我是个起点低、进步慢的写作者，对自己的早年写作心生悔意。

可惜白纸黑字都留下了，昭然若揭。我只能面向未来，而无法痛改前非。

王安忆说："年轻的时候总喜欢背叛，不怕失败，很勇敢。一开始觉得故事是一种束缚，想把前人的规矩破掉。写到今天——是进步也是退步——我的观念越来越合乎、服从前人小说的规定。"①

贾平凹说："年轻时写东西，有激情，锐力外向一些，年龄大了，就可能沉淀了些，想写的都是在现实生活中真正有了个人生命体会的东西，就不讲究技法了，不起承转合了，没规律了，只想着家常话，只想着朴素了。古人讲的几个阶段'看山是山看水是水，看山不是山看水不是水，看山还是山看水还是水'，琢磨琢磨，真是这样，可这样也真难做到。"②

对写作者来说，进步和退步竟然是如此难以说清，以进为退，还是以退为进，都是个人的选择。陈丹青把他的散文集命名为《退步集》，可见"退步"这个词，多么让他沾沾自喜。

---

①舒晋瑜：《说吧，从头说起》，第161页，北京：作家出版社，2014年版。
②舒晋瑜：《说吧，从头说起》，第168页，北京：作家出版社，2014年版。

旅途，图片来自视觉中国

五

　　于是，"突破"这个命题，就成了一个伪命题。

　　"突破"是站在进化论的立场上说的，它的潜台词是，文学是进化的，一代更比一代强，一部更比一部好。但在文学史面前，进化论会一筹莫展。从《诗经》《离骚》、唐诗宋词，到《金瓶梅》《红楼梦》，哪部作品"突破"了前者，又被后者"突破"？我想屈原、李白、苏轼、曹雪芹，谁都没有绞尽脑汁去"突破"自己。文学不是科学，不相信进化论。文学属于时代，更属于那个具体的写作者，依赖于每个写作者的个性。文学不是一场比较高低短长的竞赛，每个个体都有它独立存在的价值，不能取代，只能并存。

苏童说："我从来不考虑我写完这个长篇别人会怎么看我。只考虑文本本身，我对文本的希望和设想，包含了所有的自我警惕。"①

王安忆说："我没有强烈的意识突破，有些局限永远不能突破，比如材料对我来说永远是局限，看世界的方式也是局限。但局限往往也是立场。我一贯坚持的写实手法，是我表达世界的方法。"②

文学只有好与不好，不存在突破不突破。

古人早就说过，文无第一，武无第二。

六

舒晋瑜这部文学访谈录，是一部大实话之书，没有一

①舒晋瑜：《说吧，从头说起》，第243页，北京：作家出版社，2014年版。
②舒晋瑜：《说吧，从头说起》，第277页，北京：作家出版社，2014年版。

招制敌的秘笈，只能活学活用，却不能立竿见影。但它句句是真理，因为它们都被实践检验过，是作家们在漫长的写作生涯中换来的体悟。如果说小说是一个民族的心灵史，那么这部书就是作家的心灵史，让我们看到了作家是怎样炼成的。陈丹青觉得"心灵史"这个词很矫情，我却觉得挺好，言简意赅。

出于一个有着出版和纪录片双重经历的人的个人癖好，我认为书中还是应该加进一些作家各时期的照片、手稿、稿签、投稿信封、退稿信、火车票、病假条……总之，要尽可能囊括见证他们文学历程的所有物证，形成图史互证。那样，这本书就更加立体丰富、形象可感，也更有史料价值，不仅可以成为当代文学史研究者案头的重要资料，普通读者看起来也会感到新鲜有趣。我曾经向舒晋瑜提出这一点，在这里写下来，以示郑重。

中年时代的写作

第三编
依附于文学

一

　　我与江西散文的渊源不浅。早在 2006 年，我编《布老虎散文》时，就把江子的散文发在头条。那时，我还不知道这个江子是男是女，是丑女还是美女。

　　但对于一个写作者来说，美是通过文字来体现的。那一期编后记里，我写下这样的话：

　　江子。一个陌生的名字。有一天我收到了他（她？）的许多散文。这些散文大都拥有一个共同的主角：疾病。各种不同的疾病，开始在我面前罗列，在那一连串令人懊丧的医学名词背后，隐藏着一张张被病症控制的脸。显然，这些纠结了大量痛苦的文字并非医学报告，它们在作者介入命运关怀之后变成了文学。江子的散文关注的是一个常被我们"健康的"散文所忽略，却带有普遍性的方面，是取代大历史叙事的日常小叙事，是对日常生活进行的意识形态批判。①

今天我重抄这段话，除了回顾我是江西新散文的资深读者以外，还想引出我对他们写作特质的总体概括："取代大历史叙事的日常小叙事""对日常生活进行的意识形态批判"。

三年后的 2009 年，作家出版社出版江西的新散文八人集，也就是陈蔚文、傅菲、范晓波、江子、李晓君、王晓莉、夏磊和姚雪雪的新散文合集，名叫《怀揣植物的人》，又请我写了序言，我也再一次强调了他们散文的共同品质："躲避大词，让那些器宇轩昂、遮蔽了我们视线的标语式写作让位给生活本身。"②

---

①祝勇：《纸上的叛乱——一个"散文叛徒"的文学手记》，第 195 页，北京：东方出版社，2014 年版。
②祝勇：《纸上的叛乱——一个"散文叛徒"的文学手记》，第 134 页，北京：东方出版社，2014 年版。

二

　　有时，我对自己早年写下的行旅笔记心生悔意。那时年轻、冲动，充满好奇心，也有的是时间挥霍，所以那时的自己，恨不能走到天尽头，经历所有想象之外的事件。在一个人的内心最需要滋养的年龄，我的视野和生活都被极大地扩充了。所以那时写下的文字，不仅仅是对世界的记录，也是对自己内心的记录。之所以心生悔意，是因为在今天看来，那些文字都未免蜻蜓点水。因为我不是那些地方的人，不是那些土地上生长出的植物，因此我的新陈代谢与那片山水没有关系。我只是一个观赏者，一个过客。一个过客与一个土生土长的人，在观察同一件事物时，眼光绝对是不同的。就像我见到过的路边老人，坐在竹椅里，静静体味着时光的演变。那时我就想，他的眼里，定然看到了与我不同的东西。

　　就拿电影来说，我最喜欢的电影不是那种制造耸人听闻的视听效果的大片，而是那样一种小片——它发生在城市里，或者某个小镇上，带着世俗生活的亲切感，表面上波澜不惊，实际上暗潮汹涌，就在悠闲、轻松的背后，命运沉浮，人性挣扎。表面上的日常感，与背后的力量感，形成电影的一种张力。

今天研讨会的主角——江子、李晓君、陈蔚文、范晓波、王晓莉、傅菲、夏磊、安然和朱强，就是这样的观察者，坐在固定的位置上，不紧不慢，不动声色。他们是有声色的，他们的声色在文字里。如同几年以前一样，我注意到他们的写作，依旧取材于他们生活的那片土地，取材于他们日常生活最质朴的部分，柴米油盐，离乡还乡，生老病死。没有意外，不制造离奇，像他们依存的那片土地一样，质朴自然。但他们都不屑于书写抒情诗，他们看似松弛的文字里，依旧包裹着生命的痛感，这一点，和我当初认识他们的时候一样。

如果说有什么不同，那就是时间不同了，过去他们是青年写作者，如今则已步入中年，正像江子在《赣江以西》的自序里所说的："中年……这个词貌似有几分凶险，几分立于悬崖的凛然和荷戈彷徨的落寞。"还说:"我想我的这本书里,就都是我中年的气息和节奏,一股子中年味儿。有点岁月深处的凉意,却依然对光怀着迷恋和敬意。"①这决定了他们在讲述生活时,时态变了。与年轻时相比,他们此刻带着一份更加复杂的心情讲述生活,许多的进行时,都变成了过去时。

简单地说,他们的写作场域没有变化,变的是时间,也是他们的眼光和心境。

三

假如拿他们的写作与我曾经操持的行旅题材相比,他们始终是站在原点之上,好像从来不曾飞走。但他们还是飞走了,不是飞走在空间中,而是飞走在时间里。在我看来,时间的距离,比空间的距离更加遥远。比如,在交通发达

① 江子:《赣江以西》,第1~2页,北京:人民文学出版社,2015年版。

的今天，空间上的差距很容易得到弥补，但没有什么可以弥补时间上的差距。

所以我看到，范晓波《带你去故乡》，开篇就是《还乡》。故乡是一个神奇的地方，在这里，熟悉和陌生的事物都让人异常敏感。范晓波将现实与记忆进行比对之后，最终不是将故乡定义为一个空间地理概念，而归结为时间。

傅菲《南方的忧郁》，焦点没有放在"散文家钟爱或倾诉衷肠的对象"：南方乡村的"河汉、炊烟、静谧的黄昏、低矮飘忽的雾岚"，而是投在"底层人的生存状态和内心的挣扎"，在他看来，"生活其实是一把锉刀，锉开底层人的手、脚、脸，流出的血已经结出厚厚的痂壳"[1]。因此，空间对他来说也仅仅是一个舞台，他甚至痴迷于把舞台缩小在一条街（枫林街）的范围内，在他看来，这样的空间已经足够。在那里，时间闪展腾挪，他静静地打量着时间在人的面孔和内心里的发酵，以及由此产生的各种化学变化。他甚至有一本散文集，名字就叫《生活简史》，

---

① 傅菲：《南方的忧郁》，第 1～2 页，广州：花城出版社，2014 年版。

传统门神，祝勇摄

由此可见他在文字里重现甚至重塑时间的野心。

假如男性写作者更多是通过外在的变化来勾勒时间的轨迹，三位女作家——王晓莉、陈蔚文和安然，则直接把笔触伸向内在的时间，伸向生老病死。或许女性写作者，更加看重时间对自我生命的影响。在她们看来，身体有如钟表，记录着时间的精细刻度，时间不是外在的，而是内存于身体里的。这使她们对时间的认识更具有温度，对生命变化的描述也更有切肤之感。我喜欢陈蔚文的《见字如晤》，在她的文字里，无形的时间有了确实的存在感，而这样突兀的存在，是包裹在漫不经心的日常叙述里的，就像一个主妇操作微波炉，一个简单的动作，一天不知重复多少次，但陈蔚文用自己的文字，对时间的意义进行了重构：

> 静寂的厨房，五十六秒短兵相接的惊心！微波炉"嗡嗡"的转动声，万物归隐，只有时间正以确凿、精确到秒的匀速流逝。时间不再抽象，它以显示屏上的倒计时提请人们注意，它正和炉内剩菜的水分同步流失！我感到心疼——曾经，一个夜晚挥霍一生也在所不惜，而今我计较秒针的转动。

> "叮"一声，五十六秒从生命里脱落。紧接着，一碗汤的六十秒。在秒针的尽头，有一些东西正变成灰烬[1]。

在这里，时间如钟表，提醒着生命在肉身上每时每刻真实的存在。只有在这个年龄，才能如此深切地体会到时间的压迫感，年轻时候，我们总有挥霍不完的时间。但这也让人对许多事情释然——既然它们注定会流逝，对得与失、爱与恨，又何必太执着呢？

----

[1]陈蔚文：《见字如晤》，第170页，北京：人民文学出版社，2015年版。

人到中年，折磨我们的，可能不再是表面的疼痛，因为生命里已经有过太多那样的疼痛，使我们已经有了耐受性，而是对更简单却更终极的问题有了追问，那就是我们如何面对生命的流逝与折磨。他们的笔下，见不到宏大叙事，对他们来说，生老病死，是最宏大的叙事。生命最琐碎的瞬间里，就埋伏着最宏大的主题。他们的文字，让我想起另一个待在原地的作家，就是史铁生。他哪里也不去，或者说，去不了，他的精神却越走越远。他的文字里常常埋藏着超出我们想象的深意，不仅要归因于他朴素外表下的机智，更要归因于他对命运的质疑、理解与接纳。

因此，李晓君在回忆自己的青春时，对它没有谴责，尽管它是那么的枯寂、荒凉，甚至有些残酷，与年轻人的渴望背道而驰。它们已经流逝了，许多事物，都因其流逝而显得美好，至少是值得纪念吧。《江南未雪》里，我们看不到所谓的叛逆与抗争，而只能看到一个中年人对往昔岁月的反刍，词语里也不见年青时代的尖锐和貌似深刻，即使对于最深刻的伤痛，也是从容不迫地娓娓道来，许多旧事，都慢慢脱离了原有的意义，而转化为新的意义，在他笔下，所有的小人物，都"具有世俗的温度和可以原谅的缺点"①。

<h1 style="text-align:center">四</h1>

我至今仍不理解，为什么在当下的江西，一股脑儿地涌出这么多有成就的散文家。其中大部分是"70后"，朱强甚至是"80后"。江西本来是一片具有深厚的理学传统和革命传统的土地，但这些写作者，不约而同地拒绝旧有的散文模式，而一律以新散文的方式写作，如此群体性地出现，而且阵容如此整齐，在全国未见。这两年我数次前往江西，想解开这个困惑，却始终不得其解。

但我对他们作品的喜爱，却是无须质疑的。尽管如前所述，他们普遍遵循着"超低空飞行"式写作，紧扣生活的根基，拒绝虚无高蹈的玄想，但在这共性之外，他们也

①李晓君：《江南未雪》，第25页，北京：人民文学出版社，2015年版。

已经形成了各自的题材区域和写作风格。尤其他们的语言，不重雕饰，却格外准确，有力度，表明他们已是成熟的写作者，新散文的气质，仅从语言上就一眼可辨。比如陈蔚文，把生命的成长夸张为"一场旷日持久的人体地质运动"，然后，马路对过服装店的姑娘，"在生育这场重大的地壳运动中，她变得水土流失后的瘦，像腾出自己的脂肪造了个孩子"[1]。还有李晓君写五狗，他说："五狗无家无室，凭着一身蛮力立身江湖——说江湖，可能有夸大的嫌疑，本镇虽五脏俱全，但离江湖的浩大还是有距离的。"[2]时代、地点、人物，一下子栩栩如生。

我更喜欢江子的语言。江子也有娓娓道来的文字，也有俏皮和机智，比如那篇《极品爱人王昭君》。他说"王昭君琴棋书画、经史子集，都能通晓，相当于同时取得了历史系、中文系、美术系、音乐系等多张毕业证书"，说"她以文艺女青年的才华横溢，楚地女子性格里的刚柔并济，在匈奴的土地上如鱼得水"。我喜欢文字里的这种任性，

---

[1] 陈蔚文：《见字如晤》，第 166 页，北京：人民文学出版社，2015 年版。
[2] 李晓君：《江南未雪》，第 149 页，北京：人民文学出版社，2015 年版。

就像江子这个人，放松，放达，放肆——当然，并不放荡。他最后这样总结："在那些诗句里，她的样子，也只是十九岁的样子——十九岁的容颜，十九岁的心绪，十九岁的时候，她留给中原文化一个马上背影和一段惊鸿落雁的琵琶声。""一个永远十九岁的女子，是天上的仙女，人间的极品爱人，再漫长的历史，再无情的时光也奈何不了她。"[1]

　　总之，时间流走了，他们还停在原地，守株待兔，那只兔子，就是最深邃的文字。写作的深度，其实就是时间的深度。

---

[1]江子:《赣江以西》，第127～131页，北京：人民文学出版社，2015年版。

生如蚁而美如神

第三编
依附于文学

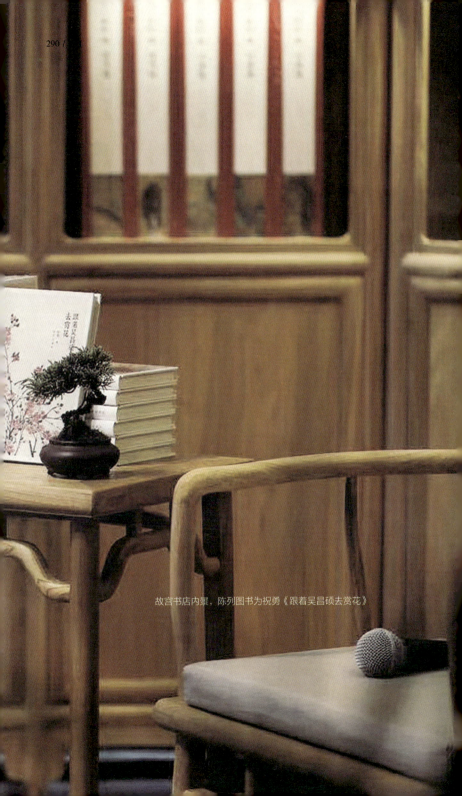

故宫书店内景，陈列图书为祝勇《跟着吴昌硕去赏花》

一

关于文学，曾有一个非常好的定义："它试图通过一个人的故事，令古往今来所有人的故事浮现纸面。"我忘了这话是谁说的，但我认为这家伙一语道出了文学的本质，即：文学既是个体性的创造活动，必须从个人的经验出发，同时，它又是联系所有人——包括古今人物的纽带。

除了文学，找不出其他任何事物能够将古人与今人联系起来。历史学是一门关于过去时代的逻辑学，它以一种理性的目光打量过往的一切，并且，把它们纳入一种结论。历史学是值得尊敬的，因为它探索过去时代的秘密。但是我们经常看到这样一种写作，就是把历史的知识与结论照搬到文学上。在这样的写作中，人与人经常是失联的。他们往往只是附着于事件之上的零件，或者，只能依托于理论而存在。所以，即使在当时，他们也是分开的，各自为政，以至于后人无法理解，历史究竟是如何在不同人的交互作用下发展到今天的，更无法解释在历史中发生作用的那一个个复杂而神秘的偶然。

我们常会听到一个词，就是"历史虚无主义"。在我看来，在我们的文学中，把历史规范化、空洞化才是真正的"历史虚无主义"，因为在历史中，只见硬邦邦的概念而不见人影晃动。过去变成了空壳——一个没有家具、没有装饰品，更没有人在活动的空房子。没有人活动的地方，我们通常叫作废墟。

二

这样的虚无等同于一个空间上的废墟，那废墟伸手不见五指，在它的内部，我们什么也看不到。但更大的废墟是建立在时间之上的。时间本身就是一个让人与人脱离联系的机器。在时间的作用下，我们必然与古人脱离联系。时间无始无终，在我们生命开始前就开始了，在我们生命结束后还没有结束。我们站在自己的生命里，看不见我们生命起点和终点以外的事物，前不见古人，后不见来者，孤立无援。

我们无法知道几百年前一个人的长相，无法触摸到他曾经真实的身体，无法与他交谈。我们今天能知道那些人的名字就不错了（只有少数人的名字保留了下来，绝大多数的名字消失在黑暗中），他们没有面孔，没有表情，没有五官，没有五脏，没有呼吸呼喊，不会吃喝拉撒。他们不准备回答任何提问，哪怕是很微小的问题，他们都无可奉告。

10 年前我为中央电视台写《1405 郑和下西洋》纪录片剧本，我想到了一个最基本的问题：郑和船队两百多艘船，是如何联系，以保持队形的？我查遍了许多史料，询问了无数专家，至今没有答案。

在时间中，许多常识都成为秘密。

所以，时间比空间更重要，也更可怕。

在今天，万丈红尘中，人与人的陌生，来自空间的距离。但人与人更大的陌生来自时间。在空间中，两个点之间是可以建立起连线的，无论多远，飞机、高铁都能抵达；但在时间中，我们永远失去了这样的机会。我十分想见苏东坡，想以一个粉丝的名义，找他聊聊天，喝点小酒，但时间剥夺了这样的机会。所以博尔赫斯说："时间是一个根本之谜。"他说："空间并不重要。你可以想象一个没有空间的宇宙，比如，一个音乐的宇宙。"①但我们无法想象一个没有时间的世界。没有时间，一切都不存在了。

三

有人说过，人与人的区别往往比人与动物的区别还要大——我又忘了是谁说的。但人与人之间的距离同时也是这个世界上最近的距离。这个辩证法，我们古人早就总结

① [美] 巴恩斯通编：《博尔赫斯谈话录》，第229页，桂林：广西师范大学出版社，2014年版。

过：“有缘千里来相会，无缘对面不相识。”中国人相信缘分，一个人是否能与另一个人建立内心的联系，就看有缘没缘。我相信假如有缘，不仅可以千里相逢，也可以千年相通。

文学就是我们的缘，是与失联的人们重新握手的最佳方式。因为文学即是人学，身份各异、处境各异、年代各异、形状各异的人们，都有着最基本、最朴素的感情。比如在饥饿、病痛、死亡、性爱这些问题上，所有人的态度和反应都是一致的，像敬泽在评论一位作家时说的，我们“身处一个混杂、矛盾、生机勃勃的世界”，“面临多端的、相互冲突的价值……一切都汇集于一个人的内部”①。只不过每个人解困的方法有别而已。庄子鼓盆而歌，表达的是他对死亡的态度；王羲之写《兰亭序》，也是在以艺术的方式寻求永恒，来对抗死亡的压迫感。现在我们记住了他们解困的方法、面对命运的对策，却忘了那困境本身是什么。我们就像一个蹩脚的小学生，整天忙着背答案，却忘记了题目本身。

①转引自李壮：《刀客与“雅痞”——谈李敬泽》，原载《雨花·中国作家研究》，2015 年第 9 期。

我相信无论多么伟大的艺术家、文化巨人，他们与世界周旋的路径有异，终点虽不一致，起点却是一致的。无论多大的腕儿，都是属于人间的，他们的作品可以有神性，但他们面对的问题却是人间的。叶嘉莹说李白是"仙而人者"，苏轼是"人而仙者"，基本上都是半仙儿，但至少还有一半是人。他们的精神在天上，肉身却在人间，也都有俗人的欲望与情感。因此，假若我们以文学的方式与他们倾谈，没有必要上来就秀艺术造诣，装大尾巴狼。我们可以从失恋，或者从一次失魂落魄的出走开始。我相信苏轼在"乌台诗案"后蹲在御史台的大牢里也哭过、痛过、绝望过，经过了这样的痛哭与绝望，才可能有"大江东去，浪淘尽"的开阔与豪迈，在穷困潦倒的黄州，他才可能过得那么安静与恬淡。

这让我想起诗人顾城的一句诗："人可生如蚁而美如神。"我特别喜欢这句话，人生像蚂蚁一样卑微，但人可以活得像神一样美。中国历史上的大艺术家，无不是从命运的一极（"生如蚁"）奔向另一极（"美如神"）的。"生如蚁"是我们的宿命，"美如神"却是对这宿命的回应,是对命运极限的超越。他们成功了,所以被历史记住。但我们只记住了他们的成功,而忘记了他们所经历的痛苦和所付出的代价。

四

因此,当面对"文学如何回应和激活传统资源"这样深奥的问题时,我认为可以采取一个简单化的步骤,就是回到最基本、最朴素的问题上,以退为进,就像我们在迷路的时候,回到起点往往是最简单,也最有效的办法。

我写《故宫的风花雪月》,写王羲之、顾闳中、张择端、黄公望、仇英、吴昌硕这些伟大的艺术家,就是基于这样一个基本认识。他们在历史中的所有奋斗与挣扎,都是围绕自己的内心展开的。体会到他们的内心,才能够理解他们所做的一切。所以,在我写作中努力恢复他们生存的真实感。历史不可能复现,我们也不可能还原历史的真实景象,但历史可以靠近,近到我们可以听见他们的呼吸声和心跳声。我们可以在书写中努力恢复历史的肌理与质感。此时，对于历史的所有硬件，我觉得最好的书写就是把它安回到人的内心这个软件上去，就像一片树叶，我们要把它和树干、树根联系起来观察。

5 年前我开始玩儿票，写了一本小说，名叫《血朝廷》。在这部小说中，我为历史人物想象了许多种可能。比如写到光绪，我写到他在被囚禁在瀛台以后，一直被牙疼折磨而无人医治。一个男子汉，居然拿牙疼毫无办法，更何况他还是一位在位的皇帝。后来，他实在疼得受不了，就让太监偷偷从城里找来一位牙医。在皇帝的央求下，那牙医也顾不上什么君臣之礼，掰着皇帝的脑袋开始动家伙，后来被慈禧知道，把那个偷偷去请牙医的小太监打得满地找牙。这段情节纯属虚构，如有雷同，纯属巧合。写小说我是业余选手，这虚构恐怕一点儿也不高明，但我的出发点，与我写历史非虚构是一样的，就是把古人当作活人看待。他们生命中的处境首先是具体的，而不是一大套复杂的理论。

五

时代当然也是重要的，不同时代的人，命运自然不同，每朝每代的艺术品，也都有时代赋予的独特性。但不同时代的人，也有相同的命运，比如死与生的挣扎、枯与荣的交替、理智与情感的对抗，所有时代的人们都要面对。

我曾经读过阿来兄的一篇文章，大意是不同地域的文化差别没有想象的那么大，所谓文化差异是被夸大了。他这是从横向上看。从纵向上看，不同时代的文化差异也没有那么。传统中有变的部分，也有不变的部分，既然成了传统，我想主要还是指跨越时代的、永恒的那一部分。我们可以理解古人，古人做的许多事也适用于今天。我们可以带着现实的问题去叩问古人，也可以把古人的情感带入今天。把古人的长袍和马甲都脱下来，我们原本都是一样的人。

我们经常引用卡尔的一句话："历史是现在与过去之间永无止境的问答交流。"但卡尔的话里省略了主语。在此，我想做这样的补充：这样的交流是在活人之间进行的——所有的逝者都是（或都曾经是）活人——而不是死者之间在彼此问候。因为交流双方都处于动态中，这样的交流才会变幻无穷，精彩纷呈。前几天读到杨晓帆对李敬泽评论的评论，有一句话是我喜欢的："作家或文本不再是解剖台上的死尸或帆布上的一堆静物，他们和批评家一样，是对世界敞开的感官动物，时刻准备去捕捉万物花开的一刹那。"①

本文为作者在中国作家协会第一届中国文学博鳌论坛上的发言

---

① 杨晓帆：《墨即是色——李敬泽的批评世界》，原载《雨花·中国作家研究》，2015 年第 9 期。

话剧里的苏东坡

第三编
依附于文学

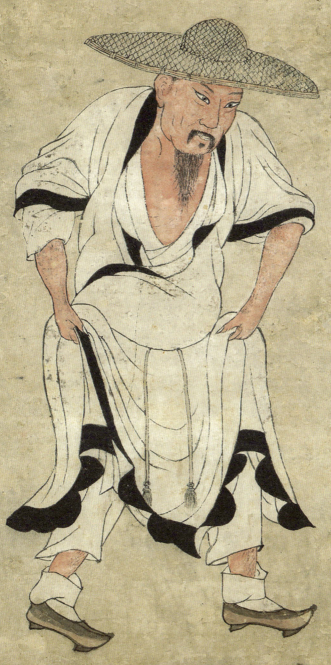

　　刚才仲呈祥、徐晓钟两位先生已经谈到，人物题材的话剧十分难写，我想这是因为一个人的一生那么漫长、庞杂，有若一个无主题的变奏，很难抓住要点。这与戏剧的要求有些背道而驰，因为戏剧要求矛盾集中，表达极致。历史人物剧尤难，因为虚构的空间有限，剧作家经常要受历史与艺术的夹板气，左右为难。

　　以话剧形式表现苏东坡，难度不言而喻，因为苏东坡一生漂泊，生命频频转场，没有一个固定的舞台，他一生涉及的领域也十分丰富，比如政治、文艺、饮食、佛道。总之，苏东坡一生的容量太大，一个舞台收容不下。

　　感谢四川人民艺术剧院，感谢眉山市政府，共同奉献了这出好剧——《苏东坡》。这无疑是一部成功之作。缘何成功，各位专家见仁见智。我就从小往大说吧。

成功之一，在于找到了一种贴切的形式。具体到话剧，这个形式既是一条线索，又是一个道具，或者一种视觉的形式。显然，这个形式不能外在于内容，而要寻找到一种与内容无比贴合的形式，对于创作者而言，从来都是一道难题。本剧无疑成功地解决了这一点。在开始演出前，观众陆续落座的时候，台上的灯就亮着，舞台中间摆着一辆车，追光打在上面，构成主要的视觉元素。我的视力不太好，开始我还以为是一把椅子———一把明式的官帽椅，开演后，通过演员的表演，才知道这是一辆车子。我们都知道，苏轼、苏辙的名字，都与车有关。苏轼的"轼"字，是指车前的横木，苏洵用这个字为儿子取名，是希望他像这横木一样不可或缺，又含蓄内敛。苏轼对于王朝，无疑是肱股之臣，重要性不言而喻，所以太皇太后几乎要对他托孤，他也距相位一步之遥。但性格即命运，苏轼不懂圆滑，不会低调，仗义执言，忠贞不贰，一心想让大宋王朝这架破车走上康庄大道。这样的个性，让他吃尽苦头，最终没能像父亲希望的那样低调为人，躲避是非，而是一生都踩在风口浪尖上，铸就了他的悲剧命运。车里有他的名字，更埋伏着他的命运。

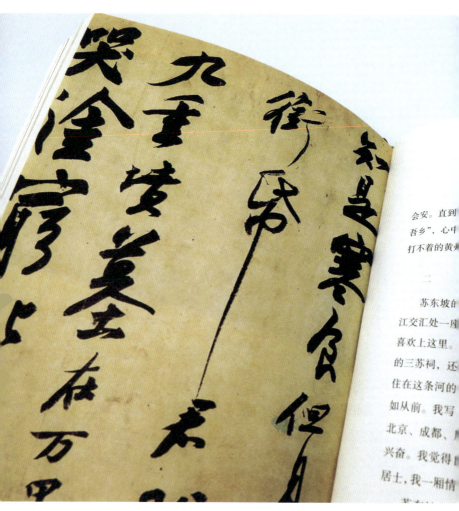

祝勇《故宫的书法风流》书影，左页为台北故宫博物院藏苏东坡《寒食帖》（局部），
北京：人民文学出版社，2022 年版

这辆车的使用（包括剧中其他道具的使用），借鉴了京剧的元素，以工具代实体，比如，苏东坡与王安石见面，苏东坡手持一把桨，就代表他在撑船。车所代表的事物就更多，有时它代表朝廷（苏轼坐司马光"顺风车"那一段），有时它代表道路（朝云去世那一段）。苏东坡生命中的几个重要时刻，都被放置在这辆车上，一辆车，几乎概括了苏东坡的全部命运。舞台上的车，是道具——更是一种隐喻，让我们联想到命运、历史、道路这些大词。它既是物质，又是精神。

本剧塑造了人物的性格。塑造性格也是创作的通用法则之一，但说起来容易做起来难，尤其是历史人物，已变成了纸页上的名词，让后人膜拜，他们的生命重现色彩，并不是一件容易的事。在这一点上，话剧《苏东坡》

为我们提供了成功的范例。除主人公外,我印象深刻的人物有章惇、高太皇太后、宋哲宗,还有苏东坡的"前姐夫"程之才。章惇曾是苏东坡的朋友,后来成为死敌,心狠手辣,这一点苏东坡早看出来了,编剧把他塑造成一个大反派,还在意料之中,但广南提刑程之才这样一个"边缘人物"出了彩,却让我有些意外。苏东坡向他"借钱"那一段,哭中带笑,让人玩味不尽。

苏东坡所处时代,是儒学的黄金时代,也成就了中国古代一个独特的知识分子(古代士大夫,下同)群体,就是把"治国平天下"当作最高理想,这是儒家的最高理想,因此剧中太皇太后告诉苏东坡,起用他是两位先帝临终前的遗愿,让许多观众潸然泪下。

但宋代知识分子并不那么"愚忠",而是对家国天下有更大的关怀。他们有自己的原则,苏轼反对王安石变法就证明了这一点,因为是皇帝要王安石变法,反对王安石就是反对皇帝。刚才仲呈祥先生重温陈寅恪先生那两句话:"独立之思想,自由之精神",在宋代知识分子中已初露端倪。宋代知识分子,如范仲淹、王安石、司马光、苏东坡、

黄庭坚等，既不像唐代李白那样"皇帝呼来不上船，自称
臣是酒中仙"，一副事不关己的自在逍遥，也不像后来明
清时代那样人格逐渐被矮化，沦为奴仆甚至鹰犬。在宋代，
尽管集权主义倾向一直在加剧，但另一方面，知识分子也
已经占据了知识和思想世界的重心，甚至到了与皇帝（政
治重心）分庭抗礼的程度。知识分子试图构建一种超越万
事万物之上的普遍真理（"理"），对皇帝无边的权力进
行限制和规训。苏东坡的特立独行，背后有这个时代知识
分子的道德理想主义在，不仅仅是他个人的性格（甚至人格）
使然。这所有的家国情感，所有的嬉笑怒骂，都被创作者
巧妙地收容在一辆车里。

本文为作者在四川人民艺术剧院话剧《苏东坡》

专家研讨会上的发言，根据录音整理

美是一种精神

第三编
依附于文学

故宫书店内景

很荣幸作为《新京报》"2017 中国时尚权力榜"的评委
之一，与大家一同见证大美新生，探究时尚与美的含义。

天地有大美而不言，美在人类历史上生生不息，且无
处不在，美呈现的是物最有价值的一面，美感的经验则是
人生中最有价值的一面，对美的探寻更在于把美的精神从
有限引向无限。

关于时尚的历史流转，我在故宫工作，故宫博物院不
乏精美文物，其中许多就是从前时代里的时尚用品。无论是
东晋顾恺之《女史箴图》、唐代周昉《挥扇仕女图》、五代
顾闳中《韩熙载夜宴图》、周文矩《文苑图》这些描绘上层
社会的画卷，还是北宋王居正《纺车图》这些描述百姓生活
的绘画，都让我们看到中国人对美的孜孜以求。无论哪朝哪
代，无论富贵贫寒，中国人从未放弃这种爱美之心。美不是
财富的象征，而是生命的态度，是中国人教化自我、安顿生

命的一种方式。在中国，美是一种精神，一种哲学，也是创造力的源泉。因此，当我们面对故宫博物院里的文物，我们面对的并不只是一些价值连城的珍宝，我们面对的是一双双挑剔的眼、精巧的手、非凡的想象力，面对的是历史视窗中藏匿的时尚变迁和中国人对美的不懈追求。

今天的时尚，是我们文明的古老根系在当下开出的花，是我们这个时代里的人们就美这个主题给出的最佳答案。今天的美，也是在"讲好中国故事"的新时代语境中有传承、有创意的全新表达，正如故宫曾深藏不露的美，如今在创新的诠释方式中，赋予更多鲜活，被更多大众领略和体会。那些历史的生命感、艺术的感染力，在时间的呼吸吐纳之中，变的是物质与表象，不变的对美的恒久的探索，其中，有守护，有张望，有洞见，有力量。

在这里，感谢新京报"中国时尚权力榜"带给我们对美的持续关注、观察与思考，让我们一同感受美对于人文、艺术的辐射与滋养，一同经历古典与当代、东方与世界的跨界对话，一起追索时尚更深层次的精神内涵。

在凡俗中超越凡俗

第三编
依附于文学

故宫屋檐上的脊兽

　　文学经常被赋予一些大词，比如生命、大地、道德、时代，当然还经常离不开一些政治性词语，比如使命什么的。好像一部作品，从第一个字开始就准备着被人高山仰止。这样的大词经常吓得我不敢写作，只怕我这凡夫俗子的身体扛不起这些大词，甚至有可能直接玷污了这些圣洁的词语。我承认，我是一个凡夫俗子，尽管我也曾历尽沧桑。但我仍然是，而且会一直是一个凡夫俗子。如果让我对文学做一个定义，就是它使我们有可能在凡俗中超越凡俗。日常生活中不为我提供伟大的可能，但文学会提供这样的可能，尽管那也仅仅是一种可能。

　　其实每一个人都渴望从凡俗中超越出来，就像崂山道士，祈望成仙入圣。但事与愿违，凡俗的命运几乎压倒性地覆盖着每一个人。我写过皇帝、贵妃、英雄、美人，从根本上说，他们也都有凡俗的一面，在他们心中，也都潜伏着许多无法完成的人生梦想。所以，在《故宫的隐秘角落》

里，我更多地写了他们凡俗的欲念，写了他们现实同梦想之间那段永难跨越的距离。在《故宫的风花雪月》里我写宋徽宗那段话，其实适用于每一个人：

上帝为每个人公平地分配了一根链条，只是每个人的链条长度各有不同。这是一根透明的链条，我们看不到它，也感觉不到它的重量。在链条的长度内，人们通常感觉不到链条的存在；然而一旦超出链条的长度，链条就会紧紧地捆住我们，动弹不得。

每一个人内心的梦想，其实就是超越自己的界限。只是不同的人，实现的路径不同。比如今天的家长都望子成龙，恨不能个个考上北大、清华，潜意识里也是在寻找超越，至少是超越目前的处境。

写了这么多年历史题材的作品，其实我一直想写一部当代题材的小说。写一个男人，结过一次婚，有了一个孩子，离异了。又结了一次婚，又有了一个孩子，又离异了。这时他不敢再结婚了，担心再有一个孩子，然后离异。我们不妨打量这个男人——他已人到中年，年轻时的风流倜傥早已不见，留给他的只有一大堆现实困境：收入不高，却有两个孩子要养。纵然透支了所有的努力，仍然是孑然一身，无人关心。一方面，青春虽已远去，但梦想尚未全然泯灭；但另一方面，随着年华老去，从前的梦却离他越来越远。他历尽沧桑，不再有从前的豪情，可以为爱孤注一掷，即使美人在侧，他也坐怀不乱。不是他品德高尚，性情高冷，而是生活训练了他的定力——或者说，懦弱。

我相信这是我们大多数人的处境。不论你在社会中处于一个什么样的层级，谁也不敢说比别人强多少。露不露脸是别人知道，袜子上露没露脚趾头只有自己知道。我相信这样一个人，也是希望拯救自己的，只是他找不到这样的路径。所幸，这个世界上还有文学。

文学不仅仅像镜子一样，折射出每个人在这世界上的困境与挣扎，也为每个人提供了一条道路。那是一条穿越了最幽暗的巷道之后才能实现的拯救。比如托尔斯泰的《复活》，那样深刻的自我救赎，我相信只在文学里有。聂赫留朵夫不是一个伟大的人，他是一个像你我一样的凡夫俗子，但托尔斯泰把他塑造成一个伟大的人，因为他能诚实

地面对自己的罪恶。从这个意义上说，托尔斯泰是涅赫留
朵夫的灵魂再造师。

我们每一个人都是带着限定性来到世界上的，但我们
人类似乎很不甘心，一直在与这种限定性对抗，比如火车、
飞机、宇宙飞船，超越速度与距离的限定性，这是科学家
们的努力。如果说文学还有什么价值，我想就是它可以使
我们超越精神的限定性，从凡俗中，寻找一条超越的路。
这有点像宗教，然而文学不是宗教，它不需要仪式，没有
教规，却无处不在。当我们以文学的目光打量世界、打量
自己的生活时，我们的自我救赎与超越，就已经开始了。

说到这里，有人可能把我的观点总结成：文学不过是
心灵鸡汤而已。我不认同文学是心灵鸡汤，起码也得是鸡
腿儿。

电子书与纸质书

第三编
依附于文学

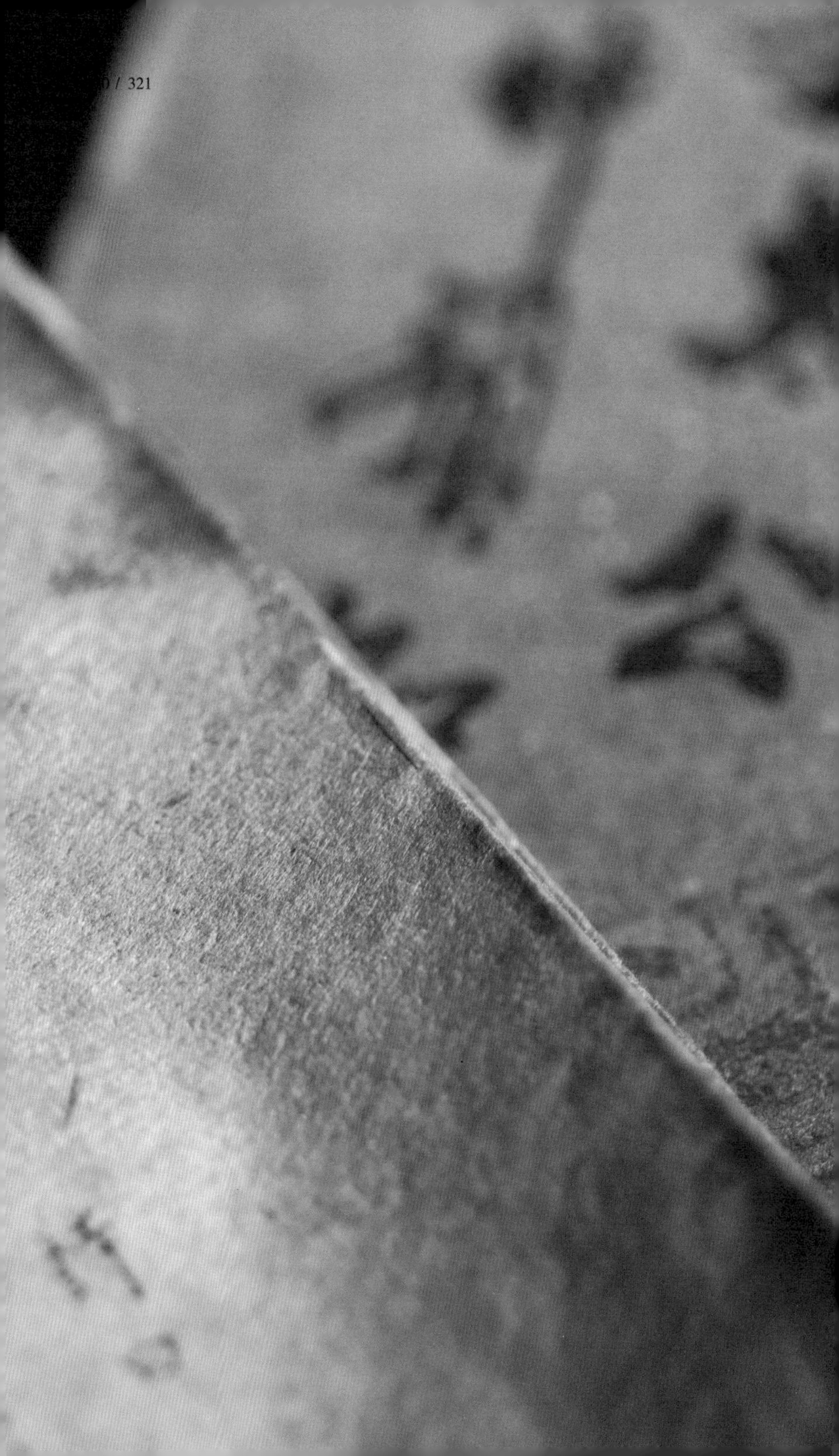

读书的人少了——具体来说，是读纸质书的人少了，手机阅读者却在增加。对此，写书的人感受最深，因为书的发行数量早已不复 20 世纪八九十年代的壮观，对于一位写作者呕心沥血的文字，人们已经无暇顾及，这将写作者推向前所未有的尴尬位置，高纯度的文本，也日益变成写作者的"独语"。

记得一位曾客居纽约的画家说过，在纽约的公寓里读书是奢侈的。纽约的公寓，一个月租金是多少钱？怎么可能待在里面读书？现在的北上广深，情况也差不多。生活要人们去挣扎、奋斗，这一切原本都是可以理解的，更何况房价之贵，使得拥有一个书房成为许多人的奢望。因此，一部手机，就是一个高浓缩的书房，在见缝插针的地铁里读一读手机上的文字，也不失为一种温暖的抚慰。

"书"这个词，原本是指一本具体的书，就是《尚书》——中国第一部历史文献集，后来意义变宽，指所有的著作，现在手机上的书算不算书，我不知道。假若让我决断，我认为手机上的书不叫书，只有纸质书才是书。我认同手机阅读的便捷，同时担忧手机阅读的轻浅化和碎片化。

我相信载体的变迁，必定带来内容的变化。当年我们古老的文字在甲骨、青铜、竹简、布帛、纸页上不断转移，与之伴随的必定是语言和内容的变化。比如青铜器上的文字，必然是精简的，以最精短的语句来记事，所记内容，也一定是国家大事，所谓"祀"与"戎"，也就是祭祀和战争。当文字转移到纸页上，化作诗词、书札、文章，书写才自由自在，才成为一种均等的权利，抒情、议论也才成为可能，蔓延出灿烂的文学史，有了我们浩大、辉煌的纸上文明，像我在写过的王羲之《兰亭序》、李白《上阳台帖》(李白书法真迹，全世界只此一张，现存故宫博物院)、苏轼《寒食帖》，还有我在《故宫的隐秘角落》里写过的文渊阁，曾经收藏着近9亿字的《四库全书》。

文字不断在寻找和适应着新的载体，当书从纸页转移

蘇東坡先生上神宗皇帝書

錫山　後學蔡焯敦復注

上神宗皇帝書

熙寧四年二月日殿中丞直史館判官告

院權開封府推官臣蘇軾謹昧萬死再拜

上書皇帝陛下臣近者不度愚賤輒上封

章　校貢舉狀又上諫買浙燈狀　言買燈事自
　　按本集熙寧四年正月上議學

知瀆犯天威罪在不赦席藁私室　史記范
　　　　　　　　　　　　　　雎列傳

到电子屏幕上，改变的绝不仅仅是外壳，而是思维方式和传播方式。网络呼唤点击量，传播需要快速，因此造就了"标题党"，而一些沉静的、意蕴深藏的文字，显然是不适合手机阅读的。书写、传布变得灵活容易，亦使我们见到的文字日益泡沫化、口水化。手机的书库中当然也可以下载各类经典，但有谁会在手机上读黑格尔、韦伯、陈寅恪、钱锺书？

有人说，纸的时代已然过去，就像甲骨时代、青铜时代终将过去一样。据说现在已经进入了"无纸时代"，无论我们对纸的时代多么依恋，历史的车轮终究不可阻挡。我承认"无纸时代"的必然，即使从环保（减少树木砍伐）的角度来说，"无纸"也是必要的。但我仍顽固地认为，纸质书的时代不会消亡（可以利用再生纸解决环保问题），因为如前所述，纸与我们的文字、文明乃至精神价值彼此相依、相互成就的关系已经在历史中证明。

《苏东坡先生上神宗皇帝书》一卷，
清乾隆十一年（1746），蔡焯刻本，
故宫博物院藏

文字需要阅读，文化则需要抚摸、感受、相融。我们的文字，从来都是文化的一部分，是文化的代言，被包裹在文化里，不可分离。因此当我们阅读文字，我们接触到的不仅仅是文字，还有文化。因此，我们碰触到的不应该仅仅是冰冷的显示屏，更应该是温润的纸页——那是我们的文化，是古代中国的四大发明之一。纸从自然中来，带着生命的气息，牵动着汉字的呼吸筋脉，与我们的生命水乳交融。

所以，在读书界，照例还会评出"中国最美的书""世界最美的书"，我的好友张志伟、周晨，都曾得到过这两项荣耀。而这些美丽的书，都依托纸而存在。书的艺术，实际就是纸的艺术。抽去一张纸，美就会被抽空，文化的肌理也会被肢解。

当然，我们还没有到悲观的时候。我们看到，即便在手机阅读越来越成为主流的时下，书店不仅没有减少，反而在增加，在各大城市攻城略地，不断进驻黄金地段，像诚品、方所、西西弗、文轩 BOOKS 这些品位高尚的书店也不断刷新着我们对书店的老印象，让阅读和选购变得更加轻松、时尚和舒适。

更重要的，是在书店里翻书的，绝大多数是年轻人。最近为拙著《故宫的隐秘角落》与读者面对面交流，我惊讶地发现，来聆听我回溯历史、讲述故宫的，居然多是年轻读者——在电子时代长大的一代，对阅读，尤其是纸质书的阅读，竟然有着天然的好感。

读纸质书，才算得上真正意义上的阅读。因为这样的阅读，让我们的思想沉静、深入，体验文明的纯美与辉煌。这样的阅读是可贵的，哪怕只有短短几分钟。

透明的密室

第三编
依附于文学

20 世纪 30 年代的故宫博物院
驻上海办事处旧址街景

1933 年，国立北平故宫博物院将部分文物南迁上海，中共中央机关却迁移出上海，转移至江西苏区。仅这两件大事，就注定了这是一个不寻常的年份。尤其后一件，更是决定了 20 世纪中国历史的走向。无疑，这也是一次"历史性的转移"。恕某孤陋，中共的领袖们由国民党眼皮底下的大上海奔赴至江西的红色摇篮，这段历史我只知其大略而未闻其详，也未见于任何专门著述，所幸，孙甘露先生的最新长篇小说《千里江山图》，直刺历史的隐秘角落，填补了这一书写的空白。

《千里江山图》是一部长篇小说，但它依托的历史大背景是真实的，作家也通过大量的历史考证、真切的环境气氛、细腻的生活场景，营造了强烈的逼真感。有报道说，在创作时他也参考了当时的城市地图、报纸新闻、档案、风俗志等真实材料，重现了 20 世纪 30 年代上海、广州、南京的社会环境、风物和生活，还原了当时上海的建筑、街道、饮食、风俗和文化娱乐等日常生活，一条马路、一件大衣、一出戏、一部交响曲、一道菜抑或穿街走巷的脱身路线，建构出了令人身临其境的小说空间感，给读者创造了沉浸式阅读氛围①。

至于小说中具体的人与事，那必须是作家所掌控的空间。我相信那些人、那些情节是虚构的（是否有人物原型不得而知），但它的大历史逻辑合乎历史的真实，其惊心动魄的进程，也与历史本身相对应。简单地说，作家把这个重要的历史过程纳入了一个"密室逃生"的叙事结构中。"密室逃生"是历史悬疑小说的经典套路，《千里江山图》却把它花样翻新，玩出了新境界。我觉得这部小说在叙事上最大的魅力，就在于作家把一个读者似曾相识的老套路刷新了，不仅刷新了"密室逃生"的叙事结构，更是刷新了革命历史小说的书写方式，构建了一种特有的、全新的叙事范式。《千里江山图》中固然不乏对密室的描写，小到卫达夫被关进的那间黑暗的密室，大到象征国民党专制

---

① 罗昕:《当代小说叙事新探索，作家孙甘露长篇〈千里江山图〉终于出了》，原载澎湃新闻，2022 年 5 月 12 日。

统治的龙华监狱，都可称为"密室"，甚至于茶楼、酒肆、旅社、银行、药号、理发馆这些公共场所，在国民党特务封锁、围捕中也都被赋予了"密室"的功能，"密室逃生"的戏份在小说中不断上演，其中最精彩的，应当是陈千里从煤号棚屋逃生的段落，连地下党员叶桃逃出自己的家——被她的父亲、国民党特工总部副主任叶启年严密控制的瞻园，也具有"密室逃生"的性质，然而小说所要讲述的真正"密室"并不是这些，而是故事的主要发生地上海，在国民党军警宪特的监视之下，上海就是一间巨大的、透明的、开放的"密室"，每个上海人（不只是地下党员），都是这"密室"里的囚徒。

这部小说在叙事上的创新性在于，小说开篇即把主要人物皆纳入了龙华监狱，但作者"看不上"这个封闭空间（在其他革命历史小说中已经得到过淋漓尽致的表达），于是很快为人物解套，有意告别了这个"密室"，让这些革命者悉数被释放出来，分散在上海的各个城市空间里，并时时处于国民党特务的严密监视下。小说中写："敌人并没有释放这些同志，他们只是从有形的监狱转移到无形的监狱中。这座无形的监狱比龙华看守所更危险，外面的敌人很难看清，内部的敌人更加难以分辨。"①作为城市空间的上海，由此被作家赋予了"密室"的含义。在我的印象里，这应该是文学史上的第一次，是对旧中国上海城市空间形象的一次全新的诠释。这也令我想起了边沁提出的"全景敞视监狱"的概念。在当时国民党黑暗统治下之中国，其实就是一座透明的、没有围墙的监狱，所谓的密室逃生，就是建立在上述一系列具体的逃生之上的一次"大逃生"，即彻底毁灭这座"全景敞视监狱"，把自由还给人民。

小说为这些地下党员规定了任务：必须将党的领导人从上海安全转移出去，同时，找出已渗透进地下党组织的敌人，这是他们必须完成的规定动作，限制条件是，所有执行这些任务的地下党员，都在敌人的密切监视下，一个也跑不掉，当然，还有时间的限制，就是以上任务必须在规定时间内完成。在上海小组几乎被敌人掌握的情况下，原来敌在明处、我在暗处，此时却变成了我在明处、敌在暗处，双方的处境发生了反转，这无疑将上海地下党置于极端不利的境地中，仿佛要在公开的状态下去完成一件不

①孙甘露：《千里江山图》，第121页，上海：上海文艺出版社，2022年版。

能公开的行动，这本身就是一个悖论。这一代号为"千里江山图"的重要行动，也因此几乎成为不可能完成的任务。任务重要，又几乎不可能完成，小说的叙事张力正是出自于此，小说情节的推进，也因此而成为一种高难度的智力博弈，于是产生了一系列的"计中计""骗中骗""局中局"，真真假假，虚虚实实，迷雾中有迷雾，计谋中有计谋。

在阅读小说的过程中，我像大多数读者一样，惊讶地发现孙甘露这位"忧郁的先锋派小说诗人"变成了思维缜密的精算师，丝丝入扣、步步为营地推进着小说的情节。光怪陆离、鱼龙混杂的上海滩，给了小说中人物，当然也给了作家闪展腾挪的空间，而没有手机、网络，通联不便的 20 世纪 30 年代，又给地下党的行动造成了很多不便，也因此左右了许多人的命运。作家此前所做的所有资料准备，此时都发生了神奇的效用。道路层层展开，阻碍却处处存在。在作家悉心营造的特定历史时空中，所有事件的发生都是那么的不可思议又顺理成章。而这种将"密室逃生"的传统叙事套路纳入到一个开放、多变、诡谲、莫测的城市空间的写法，正是这部小说迷人之处。

小说中有一句话："地下工作就像黑暗中的一道光，为了向那道光亮奔去，他敢往深渊里跳。"[①]陈千里和他的同志们就被这道光照着，走向小说的终局——这件"几乎不可能完成的任务"最终被圆满地完成，只是代价巨大，除了小说的"男一号"陈千里得以幸存，其他地下党员全部跳进了深渊。作家把一份"在相关行动中牺牲的中共地下组织成员"名单作为附录附在小说最后，许多烈士的生平介绍竟然是相同的，都只有两句话："中共地下组织成员。一九三三年四月四日牺牲于上海龙华监狱。"这就是后人了解他们的生命历程的全部了。这简得不能再简的"简历"，无疑产生了震撼性的效果。他们的牺牲，正应了鲁迅先生的那句话："（他们）肩住了黑暗的闸门，放他们（人民大众——引者注）到宽阔光明的地方去。"[②]

原载《新民晚报》2022 年 6 月 12 日

[①]孙甘露：《千里江山图》，第139页，上海：上海文艺出版社，2022年版。
[②]鲁迅：《我们现在怎样做父亲》，《鲁迅全集》，第一卷，第145页，北京：人民文学出版社，2005年版。

战争中的中国人

第三编
依附于文学

一

昨天飞新疆，今天从新疆飞回北京，不到 24 小时，跑了 6000 公里。好在没有延误，提前半小时进入单向空间（书店），这样的旅程，对我来说也绝无仅有。但见到各位热心读者，早早坐满这单向的空间，见到葛亮、曼莉、张楚、沈念这些"70 后"小朋友，我心欢喜，觉得从新疆打一个来回，这一趟很值。

闲话少叙，言归正传，我们来谈葛亮的小说。葛亮的上一部长篇小说《朱雀》，我是从书店买的，读来非常喜欢，至今放在书架上，伸手可及的位置上，时常会取下来，读上几段。我喜欢具有东方气质和古典精神的作品，葛亮的《朱雀》，就是这样的作品。

这一次，葛亮携《北鸢》而来，依旧是纯正的东方品质，朴素、典雅、厚重、苍凉，不浮华、不妖媚、不滑腻，正合我的口味，曼莉说它，有黄公望《富春山居图》的品质。不知葛亮的文字，是如何锻造出来的。我想，这与葛亮的家学渊源，以及他后天的修养有关。比如葛亮对古代书画的痴爱、对京剧的熟稔，都渗透在他的文字里，像李可染、金农、梅兰芳这些20世纪中国艺术界的风云人物，在《北鸢》中都以特殊的方式被提及和品鉴，我想，葛亮是以自己的方式，向我们的文明致敬。

但这些不是最重要的，在我看来，最重要的，是葛亮在以小说的方式，探寻和追问我们自身文明的价值。《朱雀》如此，《北鸢》亦复如此。

二

首先，从文本上讲，葛亮是在延续我们古老中国的叙事传统——来自唐宋传奇、明清话本的叙事传统。葛亮置身香港，华洋杂处，五色迷离，他的内心里，想必也一定有西方的东西，但他的文字，却是在最大限度向我们中国的传统靠拢，似乎要以此验证我们本土的叙事传统在这个全球化的时代里有没有着陆点。

我们知道，中国的文学传统很强大，楚辞汉赋、唐诗宋词，我们的文学曾经飞起来过，飞得很潇洒，很飘逸，很高，比"北鸢"还高。但这样强大的文学传统，在全球化的时代里还有落脚之地吗？新时期以来，中国的小说受外国文学的影响极大，莫言、余华的小说里，都清晰地找得到外国文学的痕迹，这很自然，因为中国封闭已久，视野突然打开，我们一下子扛不住。外国文学是好，马尔克斯、博尔赫斯、纳博科夫，我都膜拜。但伟大的《红楼梦》、"三言二拍"，把宏大的时代命运降落在每个人的身上，在日常生活里丝丝缕缕地展开，这传统，也了不起。葛亮试图用自己的小说，向《红楼梦》、向"三言二拍"致敬。他们的文字，看似家长里短、鸡毛蒜皮，却包藏着巨大的野心。这野心，他不说我也看得见。

因此，尽管《朱雀》《北鸢》这南北二书，都是以第二次世界大战为主题,但他的叙述方式,不是美国大片式的,不是聚焦于抗日战场的,没有惊心动魄的厮杀,更不见"手撕鬼子"的豪迈,而是把焦点放在中国人的日常生活,以云锦的工艺,一针一线,针脚细密地编织战争状态下中国人的生存图景,把纵向的家族史,纳入抗日战争的横断面中,看每一个普通中国人,面对民族劫难时的反应、纠结、挣扎,探究我们民族的香火,在这种极端状态下能不能延续,以及怎样去延续。与英雄传奇相比,这似乎更难。但葛亮完成得很好,他的小说,有《富春山居图》的色调,更有《清明上河图》的浩瀚,在素雅、平淡中,不急不缓,却惊心动魄。

三

但葛亮的用心,我还没说完。

刚才是从文本的层面上说,但文本只是表象,它的背后,是对文明的思考。刚才我说,葛亮在以小说的方式,探寻和追问我们自身文明的价值。葛亮的小说，虽则并非有关文明的论述，但中华文明的价值观，还是透过他的文字渗透出来。

葛亮的两部长篇都执着于抗日战争。这场战争，敌强我弱，然而中国何以打败日本？军事上的努力，国共两军的浴血奋战，自然不在话下。但葛亮不写战场，只写市井，这背后，除了他对城市书写的钟爱，更有对文明的思考。中国胜日本，不仅胜在军事，更胜在文明，而市井苍生，正是这文明的具体承载者。这是我的愚见，也是我对葛亮小说的解读。

中国传统文化，讲仁义，信天理，这蕴含在每个人的骨血里，世世相传，在《北鸢》里，这样的价值观时时可见。比如卢昭如一家在逃难中，对素昧平生的小蝶母女的怜悯之心，她们自己也受到素不相识的农家老人的照顾，还有郁掌柜把自己的儿子带到战场上，要把投军的文笙换回家，那份人与人之间的情意，似乎与生俱来，也无不让人动容。它们投射出中国人的价值观，就是仁，是义，很中国，与日本的武士道精神完全不同。

中国人扫地不伤蝼蚁命，爱惜飞蛾纱罩灯，众生皆平等，无贵无贱，像姜文电影《鬼子来了》里的质朴村民，杀一名日本兵都下不去手。但武士道精神相信强权，认为以强凌弱是天经地义，物竞天择，适者生存，天地万物莫不如此，而日本武士道精神，则把这一法则扩大到人类。恃强凌弱从来都不是强者的耻辱而是弱者的耻辱，谁让你弱呢？弱就活该被欺负，就该死。看本尼迪克特《菊与刀》我们知道，日本军人不仅对中国人残忍，对自己人也残忍。比如对负伤日军，如果能够治好，他们当然会实行人道，这样才会节省人力，而对于那些治不好的军人，则会毫不留情地杀死，使他们不致沦为累赘。

但这样的价值观，说服不了中国人，因为这样的价值观里，掩不住茹毛饮血的野蛮，谈不上丝毫的进步与文明。中国历史中，杀戮甚至屠城固然时常可见，但那大多发生在近代以前，而在文明进步的 20 世纪，还标榜这样的价值观，未免有些恬不知耻。一场南京大屠杀，日本人用以炫耀自己的"胜利"，同时吓唬中国人，企图摧毁中国人的抵抗意志，归根结底，是他们自己不够自信，用今天话说，是缺乏文化自信。假如他们是文化上的强者，他们就无须使用这样的手段震慑中国人；假如他们真的像他们宣称的那样承载"王道"，他们期望的箪食壶浆以迎王师的场面自会出现。但这样的场面在抗日的中国永远不可能出现，除非是刺刀下的粉饰太平。所以他们终归是败者，他们关于"王道乐土"的理论永远不能说服中国人，因为他们永远都不能自圆其说。

四

所以，在《北鸢》中，和田润一能够征服言秋凰的身，却征服不了言秋凰的心。就像南京大屠杀，日军屠杀我同胞 30 余万，但中国人永远不服，因为这没有天理。言秋凰杀死和田润一那个段落，葛亮写得精彩，堪称神来之笔。言秋凰要为和田润一这个戏迷唱一场堂会，只有一个观众的堂会，这时和田润一与言秋凰的关系，到底是情人，还是敌人？言秋凰要与和田润一共饮，但和田润一老谋深算，不敢饮酒，怕中毒。假如他喝了，倒见坦荡，不敢喝，他作为侵略者的本质，暴露无遗。他哪里知道，自己已被言秋凰房里的龙息香所毒，而那壶酒是解药，喝了反而可以救自己。和田润一的"聪明"，就这样变成了狡黠，等待他的，也只有死路一条。门外就是日本兵，毒死了和田润一，言秋凰知道自己逃不出去，就唱了一出《霸王别姬》，与世界作别。但她的生命里，没有霸王。因为霸王项羽，是多情重义的角色，历来为国人钟爱，在项羽面前，他和田润一算是哪根葱呢？所以他根本不配拥有言秋凰，就像日本军国主义者，根本不配拥有中国的土地，手里的刀再横也没有用，他们从哪儿来，都将被打回到哪儿去。日本人一直没弄明白这一点，但中国人应该明白。

《北鸢》一书，葛亮不仅讲述了中国人的苦难，也揭示出中国人的正直与仁义。中国的文化，中国人的价值观，比被法西斯精神荼毒的日本更加高贵，因此，中国的文明，就不会被日军的坦克辗碎。它曾经支撑了一个个的中国家族穿过黑暗，把香火延续到今天，它的力量，也就不言自明了。

根据录音整理，原题《战争中的文明之光》

原载《人民日报》2016年11月10日

上海书展的气质

第三编
依附于文学

故宫书店内景

全国的书展中，我独爱上海书展，也只有上海书展，我几乎年年参加。这缘于我对上海这座城市的偏爱。我最喜欢上海的，就是它的文艺范儿，用官方说法，叫文化底蕴。这种底蕴，让我这个资深文艺青年很容易找到归属感，并且找各种机会赖在这里不走。

在我的眼里，上海是一座最具文艺范儿的城市。如今许多城市都在提升自己的文化品质，打造各种文化名片，但真正的文艺范儿不是穿在外面的名牌，而是流在身体里的血液，是历经各种变化与转折之后熔铸出来的精神与品格，像一尊青铜雕像，清隽典雅，风雨不侵。

上海是一座位于中国大陆海岸线与万里长江交叉点上的城市，得地理条件的优势，几乎成为西学东渐最密集的着陆点，上海也因此成为当时中国各种思想的实验场、潮流的大熔炉、真正意义上的大世界。或许因为这个原因，民国时期最优秀的知识精英都云集在上海，各自潜伏，一不留神，就汇集成海派文学的汪洋洪流。

陈丹青说："整个中国二三十年代的文艺史，可以说，就是上海文艺史。"[1]在那篇名为《上海的选择》的文章里，他历数了那个时代云集在上海的文化精英，任何一个名字，都足以让今天的名人大腕黯然失色。这让那个由帝国主义的租界、黑社会的堂口、万头攒动的股票大厅、蜚短流长的世象弄堂所构成的上海，生长出足足的文艺气质，以至于一想到民国上海，我就会想到鲁迅常去的内山书店，想到商务印书馆的东方图书馆，想到老照片上的那些风流俊雅的面孔。像陈丹青笔下的鲁迅，在"大学多，文人多""适合做学问"的北京，"天时""人和"都不对，待不下去了，负气而走，却被上海收留——用陈丹青的词，叫"窝藏"。所以，那个洋泾浜的、鱼龙混杂的上海，竟然给鲁迅，也给他那个时代的许多文人带来了安全感。这就是上海的辩证法，上海的城市哲学。

---

[1]陈丹青：《上海的选择》，见《笑谈大先生》，第93页，桂林：广西师范大学出版社，2011年版。

人民文学出版社在上海书展上陈列的"祝勇作品系列"部分作品

　　后来时代变了，文化人转场，纷纷北上首都，上海失去了"文化首都"的地位，但上海的城市品格并没有被清空，而是如一股潜流，贯注到今天，即使远在北方，依然能够感受到它的辐射。比如在我读大学的 20 世纪 80 年代，我就从上海文艺出版社的"文艺探索书系"中第一次认识了刘再复、赵园，从《收获》上第一次读到马原、王朔、余华、苏童、孙甘露，尽管那时中文系的老师告诉我，这些人还没有"定评"。真正的文艺范儿，不体现在人云亦云的盲目从众，而体现在独立的判断与超前的眼光，它的背后，是文化上的坚定与自信。

因为喜欢上海，所以我喜欢上海书展。至少，上海书展给了我到上海的机会，在马勒别墅，在季风书园，在思南公馆———一座时常举办文艺讲座的老公馆，在巨鹿路《收获》杂志社和绍兴路上海文艺出版社的老洋房里，呼吸弥漫在城市空气里的文艺气质。更不用说到那座 20 世纪 50 年代的苏式建筑——上海展览馆，体验上海书展上，各种好书盛开如花。

上海的气质，就是上海书展的气质，经多识广、独引潮流。假如一定要说出上海书展与其他书展的不同，那我想说的是，这里没有土豪式的炫耀，也不见官僚式的排场，它更像城堡里的老贵族，坐在你的对面，被炉火映红了脸，从容淡定，娓娓而谈。

作者简介

祝勇 作家、学者、纪录片导演，艺术学博士，祖籍山东菏泽，1968 年出生于辽宁沈阳。现为故宫博物院研究馆员、故宫文化传播研究所所长。

曾在《人民文学》《十月》《当代》杂志开设散文专栏，出版有长篇小说《国宝》《血朝廷》，艺术史散文《故宫的古物之美》《故宫的古画之美》《故宫的书法风流》《在故宫寻找苏东坡》等数十部著作。"祝勇故宫系列"由人民文学出版社出版。

获郭沫若散文奖，朱自清散文奖，丰子恺散文奖，孙犁散文奖，琦君散文奖，《十月》文学奖，《花地》文学奖，黄河文学双年奖，在场主义文学奖，"名人堂"2020 年度十大作家，《当代》文学拉力赛 2017 年散文总冠军、2019 年长篇作品总冠军、2020 年长篇作品总冠军，马来西亚花踪世界华文文学奖等多种文学奖项。

任《辛亥》《苏东坡》《历史的拐点》《大运河之歌》等十余部大型纪录片总撰稿，获金鹰奖、星光奖等多种影视奖项，国务院新闻办、中央电视台联合摄制的大型纪录片《天山脚下》总导演，该片入选"新中国七十年纪录片百部典藏作品"。

择一事
终一生

《祝勇著述集》融媒体资源

立体化阅读时代，《祝勇著述集》融媒体内容为你讲述作家祝勇在文字世界里寻觅、求索，一路走来的艰辛与快意，带你全方位了解祝勇深远广袤的创作天地。请扫描下方二维码，体验本书丰富的融媒体资源。

1. 作家掠影 >>　祝勇生活及工作照片。
2. 创作年表 >>　祝勇各个时期作品的创作年表。
3. 精彩视频 >>　本书的宣传片、祝勇创作的纪录片片段等。
4. 媒体报道 >>　关于本书的媒体报道。
5. 创作研究 >>　关于祝勇作品的相关研究。
6. 其他作品 >>　祝勇已出版其他图书的介绍和购买链接。